香しい淫法に
つつまれて

睦月影郎
挿絵／猫丸

KILL TIME COMMUNICATION

Contents

目次

登場人物

Characters

笠間 一樹
(かさま いっき)
ミヤマ学園に転入した高校三年生。
女子生徒や女教師たちとの学園生活に胸を躍らせている。

滝沢 みどり
(たきざわ みどり)
文芸部に所属する二年生。
物静かな雰囲気の美少女。

松尾 恵理香
(まつお えりか)
学園の生徒会長。
凛々しい雰囲気を纏った美少女。

村井 美百合
(むらい みゆり)
知的な美貌を持つ、学園の国語教師。

小倉 沙弥
(おぐら さや)
体操部キャプテンの三年生。
好奇心旺盛な美少女。

田宮 翔子
(たみや しょうこ)
陸上部キャプテンの三年生。
活発な美少女で沙弥と仲が良い。

滝沢 かがり
(たきざわ かがり)
みどりの母でミヤマ学園の学長。
熟れた女のフェロモンを纏っている。

第一章　女だらけの学園に転校

1

「お父様から伺ってます。半端な時期の転校だけど、大学推薦も問題ないので、寮生活を楽しんで下さいね」

一樹《いっき》が挨拶すると、学長の滝沢《たきざわ》かがりが笑顔で言った。

（なんて綺麗な……）

一樹は、女性の学長というからどんなオバサンかと思ったら、どう見てもまだ四十前の美熟女ではないか。

かがりは父の古い知り合いと言うから、恐らく大学時代にでも親しくなったのだろう。とにかく不安ばかりの転校で、かがりの美貌《びぼう》を見た一樹は初めて新たな生活に胸を膨らませたのだった。

かがりは髪をアップにして整った目鼻立ち、しかも目を見張る巨乳だ。

彼も、ついかがりのブラウスの胸の膨らみばかりに目が行ってしまった。

笠間《かさま》一樹は十七歳、早生まれなので、もう高校三年生である。

父は大手電機メーカーの研究者で、数年間のアメリカ出張が決まり、母も一緒に行ってしまった。そこで父は、都内にある家を同僚に貸し、一人っ子の一樹は知人であるかがりの経営する学園の寮に入ることになったのだ。

それまでの高校では、一樹が成績優秀なため大学への推薦も決まり、受験勉強からも解放されたのだが、特に友人もおらず趣味は読書ぐらいなので、別に都内への未練はなかった。

そこで、こうして北関東に出向き、筑波山《つくばさん》の北の山間にある学園に転校することになったのだった。周囲は山ばかりで、かがりもこの土地、滝《たき》の浦《うら》という秘境の出身ということである。

このミヤマ学園は、まだ創立二年余りで、一樹が転入した代が初の卒業生となり、過疎の地で建てたのは画期的らしい。

村々の子供たちも寮があるので有難く思ったようだが、やはり少子化のため、三学年合わせても生徒数は二百人を切るようだ。

と、そこへ制服姿の女生徒がノックして学長室に入ってきた。

髪の長い、切れ長の目をした颯爽たる長身の美少女である。

白い長袖のセーラー服で、濃紺の襟と袖には白線が三本、スカートも濃厚でスカーフは白。

「あ、松尾《まつお》さん、彼を寮のお部屋に案内してあげて」

かがりに言われると、彼女はすでに聞いていたらしく、

「分かりました。では」

一礼すると一樹を促し、一緒に学長室を出た。

「僕は笠間一樹です」

「私は松尾恵理香《えりか》、よろしく」

言うと彼女も答え、二人で校舎を出た。

午後三時過ぎ、もう今日の授業は終わったようで、多くの生徒が校舎を出て、クラブ活動のため体育館やグラウンドの方へ移動していた。

見る限り、圧倒的に女子が多く、男子はほんの数えるほどである。

四階建ての校舎は、一階に学長室に職員室、保健室や放送室などがあり、二階から上は教室。校舎はもうひと棟並び、そちらは三階建てで視聴覚室や化学実験室、美術室に書道室、音楽室や図書室などがあるようだ。

あとは校庭と武道場と体育館、そして敷地内に二階建てでハイツ風の建物があり、

そこが生徒の寮になっていた。

「東京では何の部活を？」

歩きながら恵理香が訊いてきた。無表情で早足、無駄のない動きである。

「何も入ってなかった。図書室で読書していただけ」

「そう、どうせ推薦で受験勉強がないなら何か入ったら？」

恵理香は、やはり彼の情報を聞いていたらしく、そう言った。

あるいは生徒会長か何かで、無表情で冷たい感じだが面倒見は良いのかも知れない。

「うん、ゆっくり考える。君は何部？」

「私は剣道と弓道、そして生徒会長」

「へえ、いくつも、すごいね」

一樹は言いながら、そういえば女子と二人で話すなど初めてだと思った。

やがて寮に入ると、特に舎監などはおらず生徒の自主管理らしい。靴を下駄箱の棚に入れて上がり込むと、そこは大きなテーブルのあるキッチン、奥にバストイレがあるようだ。

「一樹の部屋はここ」

いきなり呼び捨てにされ、一樹は少々面食らいながら部屋に入った。あるいは男女とも名を呼び捨てにする土地の習慣でもあるのかも知れない。

中は六畳ほどの洋間で、ベッドに布団、机が備えられ、あとはロッカーがあるだけだ。一樹は持ってきた荷物を置き、快適そうな室内を見回した。学園が高台にあるので、窓の外は山々ばかりである。

「あ、松尾さん」

「恵理香でいいわ。呼び捨てで」

「そう、じゃ恵理香。これは東京の学生服だけど、ここの制服は？」

一樹は、生まれて初めて女子を呼び捨てにし、ほんのり頬を熱くさせながら自分の詰め襟を指して訊いた。

「特に決まってないので、それでいいわ。転校してくる生徒が多いので」

「そう」

「じゃ案内するから来て」

言われて、一樹は恵理香と一緒に部屋を出てキッチンに戻ると、風呂場やトイレ、キッチンを案内された。

風呂場は大きく、五人ばかりが一度に入れそうだ。

献立は決まっているらしく壁に紙が貼られ、炊事や洗い物は当番制らしい。

と、そこへ二人の女生徒が入って来た。やはり制服はまちまちで、紺のブレザーと赤いジャージ姿だった。

「わあ、言っていた転校生ね」

彼女たちが目を輝かせ、無遠慮に一樹を見つめてきた。

「あ、笠間一樹です」

彼が女子たちの視線に緊張しながら言うと、皆も順々に自己紹介した。

「私は小倉沙弥《おぐらさや》、体操部キャプテン」

「私は田宮翔子《たみやしょうこ》、陸上部キャプテン。恵理香と合わせてミヤマの三羽ガラス」

同じ三年生らしい二人が言い、一樹も、ボブカットで体操が沙弥、ショートカットの陸上が翔子だと記憶した。

恵理香も合わせ、三人ともそれぞれタイプの異なる美しさだが、共通しているのは輝くような健康美を持っているということだった。

挨拶を終えると、二人は一階の各部屋に入っていった。これからクラブ活動の準備でもするのだろう。

「恵理香の部屋も一階？」

「ええ、一階は、あとかがり学長の部屋だけ。二階は二年生の女子ばかり」

「お、男は僕だけ……?」

恐る恐る訊くと、恵理香はあっさり頷いた。

「ええ、男女とも、家から通える生徒は自転車通学」

では、全寮制ということではないようだった。

それにしても、女性ばかりの寮に入るとは思ってもいなくて、また彼の胸は妖しい期待に弾んでしまった。

何しろ女子と付き合った経験もなく、間もなく十八歳になろうというのにまだファーストキスも体験していない完全無垢の童貞なのである。

もちろん欲望は満々だが女子と話すのが苦手で、もっぱら悶々と毎晩二回三回とオナニーするばかりだった。

しかし女子ばかりのここへ来たら、苦手とは言っていられない。

(早く慣れないとな……)

一樹は思い、思わず股間を疼《うず》かせてしまった。

「じゃ学内を案内するわ。食事の当番は当分二年生だから」

恵理香が言い、また彼は靴を履いて寮を出た。

すると、ブレザーからレオタードに着替えた沙弥と、ジャージからシャツと短パン姿になった翔子も出て来て、一緒に歩いた。

部活の更衣室もあるのだろうが、二人は寮の方が近いらしい。

「ね、一樹は走るの好き？」

ボブカットの沙弥が、人懐こい笑みで話しかけてきた。

「い、いや、運動は何もかも苦手なんだ」

「そう、まあ若殿は何も出来なくても仕方ないか」

彼が答えると、ショートカットの翔子も笑って言った。

(若殿……？)

どうやら、色白で大人しげな彼は、その印象から早速渾名を付けられてしまったらしい。

グラウンドでは陸上部が活動をしていて、翔子も走って加わっていった。

すると沙弥も、二人に会釈してから体育館に入っていった。

周囲を見回すと、数少ない男子は自転車で帰ろうとしていた。誰も大人しそうな印象で、ここなら友人が出来るかも知れないと一樹は思った。

「家が遠い生徒は、部活が免除されているのよ」

恵理香が言う。してみると、寮生活の一樹はどこかに入部しなければならないのかも知れない。

さらに恵理香は校舎に入り、各教室を案内してくれた。

「部活は五時まで。寮の門限は六時なので遅れないように。じゃ私は武道場に行くわね」

そう言い、恵理香は足早に立ち去っていった。部活が五時まででも、後片付けやミーティングもあるだろうから、それで寮の門限は六時なのだろう。

一人残った一樹は、一番縁のありそうな図書室に入っていった。

2

「あ、失礼、転校してきた三年の笠間一樹です」

図書室に入ると、すぐメガネ美人の女性と目が合い、一樹は慌てて挨拶した。

スーツ姿で二十代後半だから、教師の一人らしい。

「ええ、聞いてるわ。呼ぼうと思って恵理香を探していたのだけど」

彼女は歯切れ良く答え、知的な美貌に一樹はまた胸を弾ませた。

「恵理香に学内を案内してもらって、いま別れたところです」

「そう、私は村井美百合《むらいみゆり》。明日から君が編入する三年A組の担任、教科は国語」

「そうですか、よろしくお願いします」

「こちらこそ」

美百合が言い、彼はほんのり甘い匂いを感じて股間を疼かせた。

「あの、文芸部とかあるんですか？」

「ええ、いま奥に一人いるから話すといいわ。じゃ私は職員室へ戻るので、明日教室でね」

彼女は言って図書室を出てゆき、一樹は残り香を追うように見送ってから、書棚を眺めながら奥へ入っていった。

図書室はがらんとして誰もいなかったが、奥まったところに一人の美少女が本を読んでいた。恵理香と同じ、白い長袖のセーラー服で髪が長く、伏し目になっているその顔は人形のように整っていた。

色白で華奢《きゃしゃ》で、恵理香たち運動部の三羽ガラスのような健康美は窺《うかが》えず、病弱で物静かな図書委員といった風情である。

近づくと、彼女が顔を上げた。

「あの、読書中済みません。転校してきた三年の笠間です」

言うと彼女もつぶらな瞳で彼を見上げた。

「私は二年生の滝沢みどりです」

「滝沢？　もしかして学長の？」

「ええ、娘です」

微かな笑みを浮かべて答える美少女の頬に、可憐な笑窪が浮かんだ。

「何かクラブ活動に入るよう言われているのだけど、文芸部は？」

「あります。私一人だけど」

言われて、一樹は目を丸くした。一人でも、学長の娘だから許可されたのか、あるいは新入生を勧誘している最中なのかも知れない。

「僕も入りたいのだけど」

一樹は言った。

やはり運動部に入る気はしないし、図書室は気持ちが落ち着き、それにこんな可憐な美少女がいて、しかも国語教師でメガネ美女の美百合が顧問らしいから、入るならここが良いと思った。

「ええ、歓迎します」

みどりは笑顔を見せて答え、傍らに置いたカバンから文芸部のノートを出して開いた。部長であるみどりの名が記され、あとは真っ白だったので、まだろくな活動もしていないようだ。

一樹は、みどりの名の下に自分のフルネームを書き、これで明日の初授業を前に、部活も決定したのだった。

「じゃ、君も寮に？」

「はい、二階に部屋があります」

「そう、じゃこれからも何かと顔を合わせると思うので、どうかよろしく」

一樹は言い、今日ここへ来てからずいぶん多くの女性と知り合いになり、胸がいっぱいになったのだった。

もっとみどりと話していたかったが読書中だろうし、自分も何か読めば良いのだろうが、今日は来たばかりでとても集中できないだろう。

「じゃ学内を散策するので」

「ええ、じゃまた」

彼が言うと、みどりは答えてページに視線を落とした。

静かに図書室を出ると、一樹は廊下を進んだ。上の音楽室からはブラバンの音が聞こえ、校舎を出ると彼は武道場を覗いてみた。

隣に弓道場があるが、そちらは無人で、一樹は武道場の格子窓から中を覗いてみた。

剣道部だけが活動をし、みな白い稽古《けいこ》着に赤胴を着けた女子ばかりである。

面小手を着けた長身の子が颯爽と竹刀を振るっている。垂れにある名前を見なくても、恵理香だと分かった。

恵理香は無駄のない動きで素早い攻撃を繰り返し、次々とかかっていく部員を苦もなく打ちのめしていた。恵理香以外は、みな息を切らして何人かは隅にへたり込んでいる。

格子の隙間から、生ぬるく濃厚な女子たちの匂いが漂ってきた。

(すごい、強いんだな……)

一樹は思ったが、立ち見も失礼なので、やがて武道場を離れた。

隣の体育館を覗いてみたが、こちらも甘ったるい匂いが外まで洩れていた。

体操部が活動をし、ボブカットの沙弥もすぐに分かった。

見る限り女子ばかりで、男子の姿はない。

沙弥は床運動で連続の回転をし、他の部員も見惚《みほ》れている。さらに沙弥は平均台でも見事な技を披露していた。

一樹は舌を巻き、グラウンドにも行ってみた。

翔子が短距離で豹のような走りを見せてから、さらに高跳《と》びも披露した。

その名の通り翔ぶようで、短パンからスラリと伸びた脚のバネと躍動に目が釘付けになってしまった。

恐らく三羽ガラスは、みなインターハイ級の腕前なのだろう。

すると気づいたか、翔子が一樹の方に駆けてきた。

「あちこち見て回った？」

翔子が綺麗な歯並びの笑みを向けて言う。生ぬるく甘ったるい汗の匂いも感じられ、思わず彼は股間を熱くさせてしまった。

「うん、文芸部に入ることにした」

「そう。良ければ部室で休憩しましょう」

翔子が言い、案内するようにグラウンドの隅にある建物に向かった。

「練習の方はいいの？」

「ええ、もう大きな大会はないので、あとは自主トレさせるわ」

翔子が言う。もう引退間近のキャプテンだから気ままにやっているようだ。

女子陸上部の部室に入ると、そこはさらに噎せ返るほどに濃厚な匂いが立ち籠めていた。

棚には脱いだ制服が納まり、テーブルにはタオルや飲みかけのペットボトル、床には革靴やスニーカーが置かれ、籠もる匂いはそれら思春期の女子たちのミックスされたフェロモンだ。

翔子は隅にあった小型冷蔵庫から缶の烏龍茶を出し、一樹にくれ、椅子をすすめてくれた。

「ありがとう」

「一樹は東京で彼女いたの？」

一口飲むと、翔子が訊いてきた。

「いないよ、今まで一人も」

「そう、じゃ童貞？」

「う、うん……、君は？」

翔子が平然と童貞と言ったので胸を高鳴らせ、一樹が恐る恐る訊いてみると、意外な言葉が返ってきたのだ。

「いま彼氏はいないけど処女じゃないわ。そもそも、うちの学園に処女なんていないわ」

「え……、学長の娘のみどりも……？」

「姫だけは別」

「姫……」

「学長の母娘と、三羽ガラスは近くの滝の浦という村の出身。それ以外は全国の高校を追い出された不良が集められているんだから」

「え……、そうなの……？」

一樹は驚いた。それでも、生徒たちはみな整然と部活に励んでいるのだから、それだけかかりの指導が効を奏しているのかも知れない。

「じゃ童貞なら、年中オナニーしているの？」

翔子が話を戻し、遠慮なく彼を見つめながら訊いてきた。

「う、うん……」

「どれぐらい、毎日？」

「日に、二回か三回……」

「すごいわ。そんなに。じゃ彼女はいなくても性欲は満々なのね」

翔子は言い、甘ったるい汗の匂いを漂わせて彼に迫ってきた。

「してるところ見たいわ。どんなふうにするの」

「む、無理だよ、そんなこと……」

一樹が緊張と興奮に身を強ばらせて言うと、いきなり翔子がズボンの上から股間に手を這《は》わせてきたのだった。

3

「あう……」

一樹が声を洩らし、ビクリと硬直すると、

「ほら、こんなに勃《た》ってるじゃない。見せて」

翔子が言い、彼の学生服のボタンと詰め襟を外して左右に広げ、ベルトまで解きはじめたのだ。

「い、いけないよ……」

「ほら、腰を上げて」

言われるまま、彼は思わず腰を浮かせてしまった。

同級生だが、早生まれでまだ十七歳の彼にとっては誰もがお姉さんのようなものだし、まして相手はキャプテンとしての貫禄もある。

すると翔子は、下着ごと彼のズボンを膝まで下ろしてしまい、ワイシャツの裾をまくり上げた。

ピンピンに勃起《ぼっき》したペニスがバネ仕掛けのように急角度に反り返り、光沢ある童貞の亀頭が露出した。

「すごい、綺麗な色……」

翔子が熱い視線を注いで言い、彼は初めて異性にペニスを見られた興奮に朦朧《もうろう》となってきた。

「さあ、いつものようにしてみて。ここには誰も来ないから」

言われて、一樹はそっと右手で幹を握り、ぎこちなく動かしはじめた。

普段はベッドに寝そべって妄想したり、椅子にもたれかかりパソコンの画像を見てヘッドホンで女の子の吐息など聞きながら抜くので、学校の椅子の背もたれが硬かったが贅沢は言えない。何しろ綺麗な女生徒がそばにいて、甘い匂いを漂わせているのである。

「ふうん、そんなふうにするんだ」

翔子は言い、やがて一樹の背後に回って彼の右手を離させた。

「私がしてあげる」

言うなり、生温かく汗ばんだ手のひらにやんわりと握り、同じように微妙なタッチで動かしはじめてくれたのだ。

「あう……」

一樹は生まれて初めて人に触れられて呻《うめ》き、ヒクヒクと幹を震わせた。

翔子は背後からピッタリと身を寄せ、彼の背にシャツの膨らみを押し付けてきた。生ぬるく湿ったシャツからは、さらに甘ったるい汗の匂いが濃厚に漂い、悩ましく鼻腔が刺激された。

「気持ちいい？」

耳元で囁《ささや》かれ、彼も素直にこっくりした。

翔子は彼のオナニーに似た動きをしているが、やはり人の指は全く違った。自分のリズムとは違うし、時に予想も付かない動きもして、意外な部分が感じたりした。

「いくとき言うのよ」

翔子が肩越しにペニスを見つめながら囁き、指の動きを続行した。

彼女の吐き出す息は熱く湿り気を含み、果実のように甘酸っぱい匂いが鼻腔を掻き回した。

呼吸するたびに女性の吐息の匂いを嗅げるなど、これも生まれて初めての経験である。まるでリンゴかイチゴでも食べた直後のような甘酸っぱい匂いに鼻腔を刺激され、呼吸まで彼女の指の動きと一致していった。

「おしゃぶりしてあげてもいいんだけど、それだと出るところが見えないから」

翔子は吐息混じりに強烈《きょうれつ》な言葉を囁き、いきなり彼の耳たぶにチュッと吸い付いてきたのである。

しかも咀嚼《そしゃく》するようにキュッキュッと噛み、たちまち一樹は甘美な刺激と息の匂い、指の愛撫に昇り詰めてしまった。

「い、いく……！」

大きな絶頂の快感に貫かれながら口走り、彼はドクンドクンと熱い大量のザーメンを勢いよくほとばしらせた。何しろ昨日は東京最後の夜で、転校前の緊張で抜いていなかったのである。

「わあ、すごい勢いだわ。気持ちいいのね。いっぱい出しなさい」

翔子が歓声を上げ、指の動きを続行してくれた。

「ああ……、いい……」

彼は射精しながらうっとりと喘ぎ、心置きなく最後の一滴まで出し尽くしてしまった。

それに合わせ、翔子の指の動きも巧みに弱まってゆき、握ったまま指先で尿道口の少し裏側をクリクリといじってくれた。

「あうう、も、もういい、有難う……！」

一樹は降参するように腰をよじって呻き、射精直後で過敏になった幹をヒクヒク震わせた。

ようやく翔子が全て搾り出し、動きを止めてくれると、一樹は彼女の胸に寄りかかり、甘酸っぱい吐息を嗅ぎながらうっとりと快感の余韻に浸った。

初体験で童貞を捨てるどころかファーストキスもしていないのに、女子の指で出してもらうなど夢にも思わなかったことだ。

「気持ち良かった？」

翔子が手を離して囁き、一樹がこっくりすると彼女は離れてティッシュを手にして戻った。そして自分の濡れた指を嗅ぎ、

「男の匂い……」

言うと指を拭いて、甲斐甲斐しく彼の股間や雫の跳んだズボン、床まで手早く拭き清めた。

やっと呼吸を整えると、彼はフラつきながら腰を上げて身繕いをし、もう一度椅子

に座り込んで呆然《ぼうぜん》となった。

彼女がスケバンなら、一回抜いたのでいくらとか請求されるかも知れないと思ったが、そんな様子もなかった。

やがて一樹は飲みかけの烏龍茶を飲み干すと、ノロノロと立ち上がった。

「じゃ、僕は寮へ戻るので」

「ええ、私ももう少し走ったら戻るわね」

言うと彼女も答え、一緒に部室を出た。グラウンドでは、中で何があったかなど知らない女子部員たちが無心に走っている。

一樹は翔子と別れ、興奮と快感の余韻でいつまでも激しい動悸が治まらないまま寮に戻った。

誰もおらず、彼は部屋のベッドにゴロリと横になり、今あったことを一つ一つ思い出した。それでも昨夜は緊張で寝不足だったので、小一時間ばかり眠ってしまったのだった。

やがて六時になったか、部活を終えた女生徒たちがドヤドヤと帰ってきた声や物音で一樹は目を覚ました。

一眠りしたのでペニスは回復し、朝立ちのように突き立っていた。

やはり女性にしてもらう快楽は、自分でするオナニーとは格段に違うのだとあらためて思い、しかも自分で空しく処理するのと違い、女性に拭いてもらうのは何という幸せだろうと実感した。

一瞬さっきのことは夢ではないかとも思ったが、確かにペニスには翔子の指の感触が、鼻腔には吐息の果実臭や彼女の汗の匂いが残っていた。

起き上がってキッチンの様子を窺うと、当番たちはシャワーも浴びずすぐにも夕食の仕度や風呂の準備にかかっているようだ。

まだ大勢キッチンにいるだろうし、多くの視線を受けての自己紹介が面倒なので、しばらく一樹は部屋にいた。

食事は一斉でなく、思い思いの時間に順々に済ませるらしい。

やがて少し静かになったので、そろそろと部屋を出てキッチンに行くと、二年生の女子たちがいたので一樹は自己紹介した。

「東京から来たんですよね。歩いてると芸能人とかに会いますか」

彼女たちも、気さくに自己紹介して話しかけてきた。

「あ、冷凍ライスとカレーかシチューをチンして下さい。ライスは二分、カレーかシチューは五分。ご飯にシチューは掛ける派ですか」

「うん、何でも」

「私がしてあげますね」

みな、各地方を退学になった不良少女たちとは思えない普通の女の子たちばかりである。

それは確かに、かがりの指導もあるだろうが、あるいは飛び抜けた三羽ガラスに恐れをなしたからかも知れない。

その三羽ガラスたちも、身軽なジャージに着替えて部屋から出てきて、彼は翔子の顔を見るのが眩《まぶ》しかった。

大型冷蔵冷凍庫を見ると、すでに作ってある料理やライスが、一人分ずつの小分けにしてパックされていた。どうしても、多くを一度に作るカレーかシチューが主流になるようで、電子レンジも二つ並んでいた。

他にはサラダや中華風の総菜も入っていて、まるで冷凍や冷蔵されたバイキングのようである。

一樹は三羽ガラスたちと一緒にシチュー掛けご飯とサラダを食べ、彼女たちも済めば自分で洗い物をし、順々に風呂に行った。

別に食事も風呂も先輩が先でなく、空いたものから済ませて構わないらしい。

一樹は多くの女子たちとの食事に緊張し、料理の匂いとともに感じる混じり合った体臭に股間を疼かせながらも、何とか食事を終えたのだった。

4

「いいわよ、先にお風呂使って」

二年生たちが食事と風呂を終えて二階に引き上げ、一段落したところでリーダーの恵理香に言われ、一樹も洗い物を済ませて頷いた。

洗面道具とタオルを持ってバスルームに入ると、脱衣所も浴室内も女子たちの濃厚な匂いが立ち籠めていた。

洗い物は脱衣所にある洗濯機に突っ込むようで、中には彼女たちの下着も入っている。

これは当分、オナニーのオカズに事欠かないと思って勃起したが、翔子とのようなハプニングもあるので、自分一人で抜くのは勿体《もったい》ない気がした。

だから少しだけ下着の匂いを嗅いで、刺激臭に胸を掻き回されてから、バスルームに入って髪と身体を洗い、歯を磨いた。

彼女たちは二、三人ずつ連れだって入浴していたので、広いバスルームを一人で独占するのは贅沢である。

残り香の中で湯に浸かり、上がるともう一度シャワーを浴び、放尿までしてからバスルームを出た。

身体を拭いてから持ってきたジャージ上下に着替えたが、自分の下着を洗濯機に入れるのはどうにも気が引ける。

しかし自分で洗ってばかりではいつまでもルールに慣れないので、思い切って女子ばかりの下着の中に自分の脱いだものも入れてしまい、もう一度だけ誰かの下着を嗅いでしまった。

部屋に戻ると、あとは朝まで自由だ。

朝食も勝手に好きなものをチンするだけだが、トイレで大をするのは少し苦労しそうである。音を聞かれるのも気まずいし、女子のあとすぐ入ると残り香が目当てだと思われるかも知れない。

洋式の個室が二つ並び、二階にもあるようだが、もし何なら学校でしても良いと彼は思った。

女子たちは一人の男子が寮に入ってきても、みな表面的には何ら気にしている様子もないのだが、自分の方は追々慣れていくしかないのだろう。

特に予習する気もない。明日授業を受けて、進み具合をチェックすれば良いだろう。

一樹はスマホを出したが、元よりメールやラインなど遣り取りしているものはいない。ノートパソコンを起動し、少しネットを見てから、早めに寝ようかと思った。

すると、そこへドアがノックされたのである。

驚いて開けると、何とボブカットの沙弥ではないか。

「いい？」

ジャージ姿の彼女は言い、中に入って内側からドアをロックした。

「翔子に聞いたわ。手コキしてもらったって？」

「うわ……、みんな知ってるの……？」

「聞いたのは仲良しの私だけ」

沙弥は言って椅子に掛けたので、彼はベッドの端に座った。

「私にも脱いで見せて」

彼女が言い、一樹はドキリと胸を高鳴らせながら、バスルームで下着を嗅いで抜いてしまわなくて良かったと思った。

それに部室と違い、ここなら完全な密室である。

もちろん来たばかりで、まだ誰が好きという感情はなく、むしろ誰でも良いと思えるほど欲望は満々だし、沙弥も翔子に劣らぬ美形だ。

「い、いいけど、どうせなら君も脱いで欲しい」

思い切って言うと、沙弥が揃った前髪の下から大きな目をキラキラさせた。

「どうしようかな。脱ぐと最後までしたくなっちゃうけど、私はまだ順番待ちの入浴前よ」

「うん、構わないのでお願い」

沙弥の言葉に激しく勃起しながら一樹が答えると、彼女は立ち上がってすぐにもジャージを脱ぎはじめてくれた。

彼も手早く全裸になり、胸を高鳴らせてベッドに仰向けになると、ためらいなく沙弥も一糸まとわぬ姿になって添い寝してきた。

近々と顔を見合わせるのが恥ずかしいので、思わず一樹は甘えるように腕枕してもらい、ジットリ湿った腋の下に鼻を埋め込んでしまった。

「あう、汗臭いでしょう、いいの？」

「うん、すごくいい匂い……」

沙弥は言ったが拒まず、彼も息を震わせて彼女の体臭に噎せ返った。腋の下には濃厚に甘ったるい汗の匂いが籠もり、嗅ぐたびに胸が甘美な悦びに満たされていった。

（ああ、これが女の匂い……）

一樹は興奮と感激の中で思い、胸に広がる刺激が心地よく股間に伝わった。

「いいわよ、触って」

沙弥が言い、彼の手を握って胸の膨らみに導いた。彼は恐る恐る柔らかな乳房をそっと揉み、コリコリする乳首を指の腹で探った。

さすがに引き締まり、形良い膨らみは張りを持っていた。

すると、さらに沙弥が彼の顎《あご》に指を当てて顔を上向かせた。

「顔を近くで見せて」

彼女も近々と顔を寄せて囁き、一樹は目を覗き込むような熱い眼差しが眩しかったが、懸命に見返した。自分の口臭が気になって、息を吸うばかりになると過呼吸を起こしそうになったが、さっき歯磨きしたから良いだろうと少しずつ呼吸した。

「ファーストキス奪ってもいい？」

言われると、一樹は小さく頷いていた。

たちまち沙弥の顔が迫って焦点が合わなくなり、ピッタリと唇が重なった。

「う……」

一樹は微かに声を洩らしながら、グミ感覚の弾力とほのかな唾液の湿り気を感じ、ファーストキスの感激に包まれた。

鼻が交差し、沙弥の息が彼の鼻腔を熱く湿らせた。

なおも沙弥が見つめているので彼が薄目になると、触れ合ったままの唇が開き舌が伸ばされた。

怖ず怖ずと歯を開くと彼女の舌がヌルリと侵入し、チロチロと滑らかに絡み付けてきた。生温かな唾液に濡れた舌が蠢き、彼も蠢かすと、何とも滑らかな舌触りだった。

一樹は興奮にぼうっとなりながら舌をからめ、なおも乳房を揉んで乳首を探った。

すると次第に沙弥の肌がうねうねと悶えはじめ、

「アア……、いい気持ち……」

沙弥が唇を離して熱く喘いだ。

鼻から洩れる息より口から吐き出される息が熱く湿り気を含み、果実臭の翔子とは違うシナモンに似た匂いが感じられた。しかも夕食後で濃厚になり、嗅ぎながら一樹はうっとりと酔いしれた。

「いいわ、何でも好きにして……」

やがて沙弥が言って仰向けの受け身体勢になると、一樹も吸い寄せられるようにチュッと乳首に吸い付いていった。

舌で転がしながら、顔中を押し付けて張りのある膨らみを味わい、もう片方も含んで舐め回した。

「ああ、いいわ、もっと強く……」

沙弥が身をくねらせながら言い、さらに甘ったるい匂いを揺らめかせた。

一樹は両の乳首を交互に味わい、徐々に肌を舐め下りていった。

体操で鍛え抜かれているため、腹はさすがに引き締まって腹筋が段々になり、臍《へそ》を舌で探りながら顔中を押し付けると、心地よい弾力が返ってきた。

肌に沁み付く汗の味を感じながらチラと股間を見ると、楚々《そそ》とした恥毛が淡く煙っているだけだ。

恐らくレオタードを着るため処理しているのだろう。

しかし股間は後回しにし、彼は腰から脚を舐め下りていった。早々と肝心な部分を見たり嗅いだりすると、すぐ入れたくなり、あっという間に済んでしまうだろう。

せっかく好きにして良いと言って身を投げ出しているのだから、この際とことん隅々まで初の女体を観察したかった。

太腿も硬いほどの弾力に満ちて引き締まり、スラリとした長い脚はスベスベの舌触りだった。

　足首まで舐め下りると彼は足裏に回り込み、踵から土踏まずに舌を這わせて、床を踏みしめ平均台を掴《つか》む逞《たくま》しい足指に鼻を押し付けた。

　指の股は汗と脂に生ぬるくジットリと湿り、嗅ぐとムレムレになった匂いが濃く沁み付いて悩ましく鼻腔が刺激された。

（ああ、女の足の匂い……）

　一樹は感激に胸を満たし、爪先にしゃぶり付いて順々に指の股にヌルッと舌を割り込ませて味わった。

「あう、そんなことするの……」

　沙弥が驚いたように呻き、ビクリと脚を震わせたが拒みはしなかった。

　彼は両足とも、全ての味と匂いを貪り尽くすと、沙弥の股を開かせ、脚の内側を舐め上げていった。

　白くムッチリした内腿をたどって股間に迫ると、ようやく一樹は女体の神秘の部分に辿り着いたのだった。

5

（なんて綺麗で、すごく艶《なま》めかしい……）

一樹は沙弥の股間に目を凝らし、感激と興奮に包まれた。

微妙な膨らみを持つ丘には若草が煙り、割れ目からはピンクの花びらが縦長のハート形にはみ出していた。

震える指を当て、そろそろと左右に広げると微かにクチュッと湿った音がして中身が丸見えになった。

ピンクの柔肉全体もヌラヌラと潤い、襞を入り組ませた膣口《ちつこう》が妖しく息づき、ポツンとした小さな尿道口も確認できた。

そして包皮の下からは、小指の先ほどもあるクリトリスが、綺麗な真珠色の光沢を放ってツンと突き立っていた。

「あう、そんなに見ないで……」

沙弥が息を震わせて言い、ヒクヒクと内腿を震わせた。

一樹は、股間全体に籠もる熱気と湿り気に誘われ、そのままギュッと顔を埋め込んでしまった。

柔らかな恥毛に鼻を擦りつけて嗅ぐと、隅々に生ぬるく籠もった汗とオシッコの匂いが悩ましく鼻腔を掻き回してきた。

「いい匂い……」

思わず言い、彼は何度も嗅いで胸を満たした。脱衣所の洗濯機で嗅いだ下着も刺激的だったが、やはり生身を嗅ぐのは格別である。

そして舌を挿し入れ、淡い酸味を含んでヌメリを掻き回し、膣口の襞を探ってからゆっくり柔肉をたどり、クリトリスまで舐め上げていくと、

「あう……！」

沙弥がビクッと反応して呻き、内腿でキュッときつく一樹の両頬を挟み付けてきた。

やはりクリトリスが最も感じるようで、彼はもがく腰を抱え込んで押さえ、執拗《しつよう》にチロチロとクリトリスを舐め回し、味と匂いを堪能した。

さらに彼女の両脚を浮かせると、一樹は逆ハート形の尻に迫った。

谷間には、薄桃色の可憐な蕾《つぼみ》がひっそりと閉じられていた。単なる排泄孔が、なぜこんなにも美しいのだろうと思いつつ、彼は充分に見つめてから鼻を埋め込んで嗅いだ。

秘めやかに蒸れた匂いを貪ってから、舌を這わせて息づく襞を濡らし、ヌルッと潜り込ませて滑らかな粘膜を探ると、

「く……、変な気持ち……」

沙弥が呻き、キュッときつく肛門で舌先を締め付けてきた。あるいは、この部分を舐められるのは初めてなのかも知れない。

未熟な愛撫なのに、あまりに彼女が反応してくれるので、一樹は次第に緊張や気後れが薄れ、積極的に行動できるようになっていった。

一樹が舌を出し入れさせるように動かすと、鼻先にある割れ目からトロトロと新たな愛液が漏れてきた。

その雫を舐めながら脚を下ろしてやり、再び割れ目を探ってクリトリスに吸い付くと、

「も、もうダメ、交代よ……」

沙弥が言って身を起こしてきた。あるいは舌だけの愛撫で果てそうになったのかも知れない。

ようやく一樹も彼女の股間から離れて添い寝していくと、沙弥は彼を仰向けにさせ、大股開きにさせた真ん中に腹這い、股間に顔を寄せてきた。

「ああ……」

女子の顔の前で股を開き、熱い視線と息を感じただけで彼は息を震わせて喘いだ。

沙弥は舌を伸ばし、陰嚢《いんのう》をチロチロと舐め回し、二つの睾丸を舌で転がしてくれた。

「あう、気持ちいい……」

一樹は、そんな部分が意外に感じることを知って呻いた。

沙弥は念入りに舌を這わせ、袋全体を生温かな唾液にまみれさせてから、前進してヒクヒク震える肉棒の裏側を舐め上げてきた。

滑らかな舌が裏筋を通って先端まで来ると、彼女は幹を指で支え、粘液の滲《にじ》む尿道口をチロチロと舐め回してくれた。さらに張り詰めた亀頭をしゃぶり、そのままスッポリと喉の奥まで呑み込んだのだ。

「ああ……」

一樹は憧れのフェラチオ体験に喘ぎ、暴発しないよう懸命に肛門を引き締めて堪えた。昼間翔子の指で抜いてもらっていなかったら、この感激と快感であっという間に果てていたことだろう。

「ンン……」

沙弥は小さく呻きながら深々と含み、幹を丸く締め付けて吸い、熱い鼻息で恥毛をそよがせた。口の中ではクチュクチュと舌が蠢き、たちまち彼自身は生温かな唾液にどっぷりと浸って震えた。

さらに彼女は顔を小刻みに上下させ、濡れた口でスポスポと強烈な摩擦を開始したのである。

「い、いきそう……」

すっかり高まった一樹が降参するように言って身を強ばらせると、沙弥もチュパッと口を離してくれた。やはり口に受けるより彼の童貞を奪い、自分も早く一つになりたかったのだろう。

「いいわ、入れて……」

「どうか、跨《また》いで上から……」

沙弥に言うと、彼女もすぐに身を起こして前進し、股間に跨がってくれた。

一樹も、初体験は手ほどきを受けながら女上位で交わり、下から仰《あお》ぐのが憧れだったのである。

彼女は幹に指を添え、唾液に濡れた先端に割れ目を押し当てると、息を詰めてゆっくり腰を沈み込ませていった。

たちまち屹立《きつりつ》した彼自身は、ヌルヌルッと滑らかな肉襞《にくひだ》の摩擦を受け、根元まで呑み込まれてしまった。

「アア、いい……」

沙弥が顔を仰け反らせて喘ぎ、完全に座り込むと、ピッタリと股間を重ねてきた。

彼も温もりと締め付けの中、懸命に暴発を堪えながら童貞を捨てた感激に包まれた。

やがて沙弥が身を重ねてきたので、一樹も下から両手で抱き留めた。彼の胸に乳房が押し付けられ、心地よく弾んだ。

「膝を立てて。強く動いて抜けるといけないので」

沙弥が言い、一樹も両膝を立てて彼女の尻を支えた。

「いい？　なるべく我慢して」

沙弥が熱い息で囁くと、徐々に腰を動かしはじめていった。

何とも滑らかな摩擦と締め付けが繰り返されると、一樹も必死にしがみつきながら必死に堪えた。

恥毛が擦れ合い、コリコリする恥骨の膨らみも伝わってきた。

手コキもフェラも心地よかったが、やはり男女が一つになり、快感を分かち合うのが最高なのだと彼は実感した。

しかも沙弥が上から何度となく彼の顔中にキスの雨を降らせてくれ、そのたびに唾液のヌメリと吐息のシナモン臭を感じ、一樹はジワジワと絶頂を迫らせていった。

「い、いきそう……」

彼は我慢できなくなって口走り、自分も下からズンズンと股間を突き上げはじめてしまった。

「あう、いいわ、もっと強く……！」

沙弥も声を洩らし、収縮と潤いを増していった。溢《あふ》れる愛液が陰嚢の脇を伝い流れ、彼の肛門の方まで生温かく濡らしてきた。

互いの動きがリズミカルに一致すると、クチュクチュと淫らな摩擦音が響き、とうとう一樹は激しい絶頂の快感に全身を貫かれてしまった。

「いく……、アアッ……！」

もう堪らずに喘ぎ、彼は快感とともにドクンドクンと熱いありったけのザーメンを勢いよくほとばしらせた。

「あ、熱いわ、もっと出して……、アアーッ……！」

噴出を感じた沙弥も声を上ずらせ、ガクガクと狂おしい痙攣《けいれん》を開始した。

どうやら奥深い部分を直撃された途端、オルガスムスのスイッチが入ったようだった。

収縮と締め付けが最高潮になり、一樹は生まれて初めての大快感の中、心置きなく最後の一滴まで出し尽くしてしまった。

すっかり満足しながら徐々に突き上げを弱めていくと、

「ああ……」

沙弥も声を洩らし、全身の強ばりを解きながら力を抜き、遠慮なく体重を預けてグッタリともたれかかってきた。

一樹は彼女の重みと温もりを受け止め、まだ息づく膣内に刺激され、ヒクヒクと過敏に幹を跳《は》ね上げた。

「あう……」

彼女も敏感になっているように、声を洩らしてキュッときつく締め上げた。

そして沙弥の吐き出す悩ましい吐息を胸いっぱいに嗅ぎながら、一樹はうっとりと快感の余韻に浸り込んでいったのだった……。

第二章　処女のいけない好奇心

1

（授業の方は、案外進んでいるな……）

翌日から授業に出た一樹は、午前中に国語、数学、英語、日本史を受けて思った。

山間の田舎にある学園で、生徒は全国からの寄せ集めのようだが案外レベルは高いようだ。

メガネ美女で担任の美百合も、優しく分かりやすい現代国語の授業だったし、他の教師も熱心に講義をし、生徒たちは私語もせず真面目に聞いてノートを取っている。

まだ各学年三十人余りの二クラスしかないが、一樹のいる三年A組は恵理香、翔子、沙弥も一緒で、数人の大人しい男子もいた。男子たちは他校を退学になった不良といった感じではなく、みな家庭や通学の事情で当学園に来ているようだった。

授業の方はともかく、一樹の頭の中は昨夜の初体験でいっぱいだった。

昼間の翔子による手コキにも度肝を抜かれたが、夜にはたっぷり時間をかけて沙弥とセックスできたのである。

　あのまま沙弥は彼の股間をティッシュで拭いてくれ、静かに部屋を出て行ったが、すぐにも一樹は心地よい睡りに落ちてしまったのだった。

　朝起きて、やはり夢かとも思ったのだが、部屋のクズ籠にはザーメンや愛液を拭ったティッシュが捨ててあり、あらためて彼は童貞を卒業した感激に浸ったものだった。

　とにかく来たばかりで良い思いをしているので、運気の方角が良かったか、彼は本当に今回の転校を良かったと思った。

　朝食では、翔子や沙弥とも顔を合わせたが、さすがに他の二年生たちもいるので、二人とも何事もなかったように普通の態度だった。一人、胸をときめかせているのは一樹だけである。

　しかし一樹も、まださすがに寮のトイレで大は出来ず、登校してから校内の男子トイレで用を足した。

　昼食は、家から自転車通学のものは弁当を持参し、他は業者が来る購買部で買うか、寮のものはいったん戻っても良いことになっている。

　一樹も昼は寮に戻ってシチューとパンで済ませ、また午後の授業を受けた。

　午後は世界史と物理。時間割もほぼ東京と同じで、美術、音楽、書道は選択科目なので一樹は今までと同じ美術を専攻。体育は各自のジャージで、それほど厳しくもないようだ。

今は文化祭や体育祭、修学旅行なども済んだ時期なので、あとは卒業まで無難に授業を受け、一樹は推薦で大学へ進むだけである。

やがて放課後、彼は真っ直ぐ図書室に行った。

顧問の美百合はおらず、相変わらず室内はがらんとして、一番奥の机に今日もみどりがいて読書していた。

一樹が近づくと、みどりも読書を止めて顔を上げた。

人形のように可憐な美貌につぶらな瞳、やはりどことなく学長のかがりに似た目鼻立ちである。

三羽ガラスから姫と呼ばれる彼女だけは処女ということだが、オナニーぐらいしているのだろうと、一樹はあれこれ想像してしまった。

やはり女体を知ると、今までのような妄想もリアルなものとなっていた。

「やあ、特に文芸部の活動とか予定はあるのかな」

「いいえ、来春に少しでも部員が入るようなら、そのときに検討するつもりです。今は好きな本を読んでいるだけでいいと母、いえ学長が」

訊くと、みどりが笑みを浮かべて答えた。

「そう、みどりちゃんは」

「みどりでいいです」

「じゃみどりは、どんなジャンルの本が好きなの？」

頬を熱くさせて訊いた。

彼は活発な三羽ガラスも清楚で知的な美百合先生も好きだが、やはり文学少女らしいみどりが一番の好みである。

しかも同級生がお姉さんに思える早生まれの一樹にとって、二年生のみどりは唯一の年下の知り合いだ。

「何でも読みます。ミステリーでもエッセーでも時代物でも。今は恋愛ものを読んでます」

みどりが答え、女流作家による恋愛小説の表紙を見せた。

「そう、みどりは好きになった人はいるの？」

「まだいません、ずっと滝の浦にある女たちばかりの村で過ごし、小中学校も地元の分校でしたから」

何を訊いても、みどりは澄んだ眼差しで正直に答えてくれた。

じゃオナニーもしているのかと訊いてみたいが、もちろんそんなことは口に出せない。

「一樹さんは？」

今度は彼女が訊いてきた。どうやら今日は読書よりも、彼とお話ししていたいらしい。

「いないよ。見た通り、運動も苦手だしシャイでダサいからね」

「そんなことないです。私は昨日見たときから好きです」

「え……」

いきなり言われ、一樹は戸惑うと同時に股間が熱くなってしまった。

みどりはつぶらな瞳で彼を見つめ、羞恥よりも素直な気持ちを口に出すタイプらしい。

「ぼ、僕も一目見たときからみどりがタイプだなと思ったんだ」

「本当ですか、嬉しい」

言うと彼女は、笑窪の浮かぶ頬をほんのり白桃のように染めた。

「じゃ、付き合っちゃう？」

一樹は勢いに乗じ、思い切って言ってしまった。

みどりも、数少ない男子たちしか見ておらず、しかも東京から来たという一樹に憧れめいたものを抱いたのかも知れず、本当の恋かどうか分からないが、この勢いを失いたくなかった。

「ええ、でも寮は人の目が多いから、しばらくは秘密で……」

みどりが言うと、一樹は目の前がバラ色になり、甘美な幸福感と歓喜に胸が満たされた。

東京では全く叶わなかったが、ここへ来てすぐにも彼女が出来ようとしているのだ。あるいは翔子が、それとも沙弥が、絶大な女運の切っ掛けになり、やはりこの地は一樹にとって大幸運をもたらす場所だったのかも知れない。

一樹は夢でも見ているようにぼうっとなりながら、みどりに迫ってそっと肩を抱いてしまった。

この大胆さも今までの彼ではなく、女を知ったせいで自信が芽生え、積極的になっているのだろう。

みどりも彼の胸に抱かれ、じっとしていた。

長い黒髪に鼻と口を押し付けると、甘いリンスの匂いに混じり、まだ乳臭く幼い匂いが感じられた。

そっと彼女の顎に手を当て、顔を上向かせて唇を寄せると、

「待って、こっちへ……」

みどりが身を離して言い、本を棚に戻すと、さらに奥のドアに向かった。

一樹も勃起しながら奥の部屋に入ると、そこは在庫や秘蔵の本がガラス付きの書棚に並び、事務用の机があった。顧問の部屋で、ここはみどりも出入りが許されているのだろう。

図書室の方は、いかに日頃無人とはいえ誰か生徒が入ってくるかも知れない。

みどりはドアを閉め、内側からロックした。

「み、美百合先生は大丈夫かな……」

「ええ、今日は職員会議だから来ないって」

密室になったことに胸を高鳴らせて訊くと、みどりが答え、奥にあるソファに彼を誘った。

どうやら彼女も大冒険で相当に緊張し、俯きがちになっている。

並んでソファに座ると、あらためて一樹は彼女に顔を寄せていった。

もうみどりもためらわずに顔を向け、一樹もそっと唇を重ねてしまった。

柔らかな感触が伝わり、間近に見える頬に窓から冬の日が射し、正に水蜜桃のよう

に産毛が輝いている。

みどりはじっと長い睫毛《まつげ》を伏せ、微かに息を震わせていた。

受け身だった昨夜の沙弥相手とは違い、一樹は自分からそろそろと舌を挿し入れ、滑らかな歯並びを舐めた。

するとみどりの歯も怖ず怖ずと開かれ、侵入を許してくれた。

中に潜り込むと、彼は舌を探り、生温かな唾液のヌメリを味わった。

「ウ……」

微かにみどりが声を洩らし、それでも次第にチロチロと舌を蠢かせ、滑らかにからめはじめてくれた。

一樹も夢中になって美少女の舌を味わい、そろそろとセーラー服の胸にタッチしてしまった。

膨らみは意外に豊かで、優しく揉みしだくと、

「アアッ……」

みどりが口を離して喘ぎ、背もたれに頭を乗せた。

可憐な口から洩れる吐息を嗅ぐと、乾いた唾液の匂いに混じり、熱く甘酸っぱい果実臭が鼻腔を湿らせてきた。翔子の匂いに似ているが彼女はイチゴ臭で、みどりは桃

でも食べたあとのように、まろやかで清らかな匂いだった。

2

「脱がせてもいい？」

一樹は言い、みどりのセーラー服の裾をめくり上げた。

付き合うといっても、まだデートもしていないのにいきなり最後まで突き進みたくなっているのだ。

するとみどりも裾をたくし上げ、背中に手を入れてブラのホックを外してくれた。

ブラが緩み、思春期の張りと弾力を持つ乳房が現れ、同時に内に籠もっていた甘い匂いが漂った。

巨乳のかがりに似たのか、膨らみは沙弥より豊かで形良く、それでもさすがに乳首と乳輪は初々しい桜色をしていた。

堪らずに顔を埋め、チュッと乳首に吸い付いて舌で転がし、顔中で柔らかな膨らみを味わうと、

「あん……」

みどりがか細く喘ぎ、ビクリと処女の肌を強ばらせた。

チロチロと舐めるたび、彼女はじっとしていられないようにクネクネと身悶えたが、感じているというより、まだくすぐったいようだった。

一樹はもう片方の乳首も含んで舐め回し、充分に両の乳首と膨らみを味わうとさらに乱れたセーラー服に潜り込んで、腋の下にも鼻を埋め込んだ。

そこは生ぬるく湿り、ミルクのように甘ったるい汗の匂いが籠もっていた。

彼は鼻腔を刺激され、処女の体臭でうっとりと胸を満たした。

スベスベの腋に舌を這わせると、

「ああッ……」

みどりが声を洩らし、力が抜けていくように、そのままソファに横たわってしまった。

一樹は身を起こして移動し、彼女の上履きと白いソックスを脱がせ、可愛い足の裏に顔を押し付けて舌を這わせた。可憐に揃った指の間に鼻を押し付けて嗅ぐと蒸れた匂いが沁み付き、悩ましく鼻腔を掻き回した。

堪らず爪先にしゃぶり付き、桜貝のような爪を舐め、順々に指の股に舌を割り込ませ、汗と脂の湿り気を貪った。

「あう、ダメ、汚いから……」

みどりが朦朧となって声を震わせ、彼の口の中で指を縮めた。

一樹は両足とも味と匂いを貪り尽くすと、いったん身を起こして濃紺のスカートをめくり、そろそろと白いショーツを引き下ろしていった。

我ながら大胆と思うし、拒まれたらすぐ止めるつもりだったが、みどりはすっかり脱力し、されるまま身を投げ出しているだけだった。

とうとう両足首からスッポリと下着を抜き取り、嗅ぎたいのを我慢して生身に向かっていった。

股を開かせ、脚の内側を舐め上げてムッチリした内腿をたどってから股間に迫った。

華奢に見えたが、着痩せするたちなのか太腿も腰もそれなりに量感を持っている。

「アアッ……」

みどりが、股間に彼の熱い視線と息を感じて羞恥に喘いだ。

見ると、ぷっくりした神聖な丘にはほんのひとつまみほどの若草が楚々と恥ずかしげに煙り、肉づきが良く丸みを帯びた割れ目からはピンクの花びらが僅《わず》かにはみ出していた。

そっと指を当てて陰唇を左右に広げると、綺麗なピンクの柔肉全体がヌラヌラと清らかな蜜に潤っていた。

無垢な膣口は花弁状の襞を入り組ませて息づき、包皮の下からは小粒のクリトリスが顔を覗かせている。

吸い寄せられるように顔を埋め込み、柔らかな恥毛に鼻を擦りつけて嗅ぐと、隅々に生ぬるく籠もった汗とオシッコの匂いが籠もり、それに処女の恥垢かほのかなチーズ臭も混じって鼻腔を刺激してきた。

人形のように可憐な美少女でも無臭ではなく、やはり生身の匂いを沁み付かせているのだった。

「いい匂い」

「あう……！」

嗅ぎながら思わず股間から言うと、みどりが呻き、ムッチリと内腿で彼の顔を挟み付けてきた。

一樹は美少女の匂いで胸を満たしながら、舌を這わせ、陰唇の内側に差し入れていった。生ぬるいヌメリはやはり淡い酸味を含み、すぐにも舌の動きを滑らかにさせた。

処女の膣口をクチュクチュ搔き回し、味わいながらゆっくりと滑らかな柔肉をたどり、小粒のクリトリスまで舐め上げていくと、

「アアッ……！」

みどりが熱く喘ぎ、締め付ける内腿に力を入れた。

一樹はムレムレの匂いに酔いしれながら、舌先で上下左右にチロチロとクリトリスを舐めると、格段に蜜の量が増してきた。

彼は潤いをすすり、味と匂いをすっかり堪能すると、みどりの両脚を浮かせて尻の谷間に迫っていった。

ひっそり閉じられた薄桃色の蕾を眺めてから鼻を埋め込むと、顔中に双丘《そうきゅう》が密着して心地よく弾み、蒸れた匂いが鼻腔をくすぐってきた。

蕾に舌を這わせて濡らし、ヌルッと潜り込ませると、

「あう、ダメ……」

みどりが呻き、浮かせた脚を震わせながら、キュッと肛門できつく彼の舌先を締め付けた。

滑らかな粘膜を探ると、鼻先にある割れ目も連動するように収縮し、新たな蜜が泉のようにトロトロと溢れてきた。

ようやく舌を引き離して脚を下ろすと、彼は再び割れ目に戻ってヌメリをすすり、クリトリスを舐め回した。

さらに愛液を付けて濡らした指を無垢な膣口に挿し入れていくと、さすがにきついが潤いが豊富なので、指はたちまち根元までヌルヌルッと滑らかに吸い込まれていった。

一樹は熱く濡れた内壁を摩擦し、天井の膨らみも擦りながら、なおもクリトリスを舐め続けた。

すると白い下腹がヒクヒクと波打ち、

「き、気持ちいい……、いっちゃう……、アアーッ……！」

たちまちみどりが声を上ずらせ、ガクガクと狂おしい痙攣を起こしはじめたのだ。どうやら舌と指だけでオルガスムスに達してしまったらしい。

きつい収縮と大量の潤いが増し、みどりは嫌々をしながら息も絶えだえになって身悶え続けた。

やはりオナニーで、クリトリス感覚の絶頂は知っているようだ。

「も、もうダメ……」

みどりが声を絞り出すと、ようやく一樹も舌を引っ込め、ヌルッと指を引き抜いてやった。愛液が淫らに糸を引き、指は攪拌《かくはん》され白っぽく濁った粘液にまみれている。

「ああ……」

舌と指が離れると、みどりは小さく声を洩らして身を投げ出し、荒い息遣いを繰り返していた。やはり果てた直後は全身が過敏になり、どこにも触れられたくないようだ。

乱れた制服からオッパイをはみ出させ、めくれたスカートから股間と内腿を見せている美少女の姿に、彼は痛いほど股間を突っ張らせた。

一樹は身を起こすと、自分もズボンと下着を脱ぎ去り、下半身を露わにしてしまった。

そして徐々に呼吸の整うみどりを抱き起こし、再びソファに並んで座った。

「大丈夫？　嫌じゃなかった？」

「ええ……、すごく気持ち良くて、溶けてしまいそうでした……」

囁くと、みどりも小さく答え、後悔していないようなので彼も安心した。

みどりの手を取り、そっとペニスに導くと、彼女もそっと触れ、柔らかな手のひらに包み込み、感触を確かめるようにニギニギしてくれた。

「ああ、気持ちいい……」

美少女の無邪気な愛撫に幹を震わせながら喘ぐと、みどりも次第に好奇心を前面に出し、張り詰めた亀頭もいじってきた。

一樹は、さっきのみどりのようにソファに仰向けになり、片方の脚を背もたれに乗せて股を開くと、彼女も素直に顔を寄せてきた。

「こうなっているの……」

みどりは無垢な眼差しを注いで呟き、陰嚢もいじって二つの睾丸を確認すると袋をつまみ上げて肛門の方まで覗き込んだ。

さらに驚くべきことに、みどりは彼のもう片方の脚も浮かせると屈み込み、自分がされたように尻の谷間を舐め回しはじめたのである。

熱い鼻息が陰嚢をくすぐり、チロチロと肛門に舌が這い回るなり、ヌルッと潜り込んできた。

「あう……」

一樹は申し訳ないような快感に呻き、モグモグと肛門で美少女の舌を締め付けた。中で舌が蠢くと、まるで内側から刺激されたように勃起した幹がヒクヒクと上下した。

やがてみどりは舌を引き離し、鼻先にある陰嚢を舐め回し、睾丸を転がしてから前進すると、肉棒の裏側をゆっくり舐め上げてきたのだった。

3

「ああ、気持ちいい……」

一樹は美少女の滑らかな舌に刺激され、幹を震わせて喘いだ。

みどりは先端まで来ると、粘液の滲んだ尿道口を厭《いと》わずチロチロと舐め回し、張り詰めた亀頭をくわえて舌をからめてきた。

「ふ、深く入れて……」

言うと彼女も丸く開いた口でスッポリと呑み込み、幹を締め付けて吸い、熱い息を股間に籠もらせながら舌を蠢かせてくれた。

恐る恐る股間を見ると、乱れたセーラー服の美少女が、上気した頬に笑窪を浮かべ無心に吸い付いていた。

快感に任せ、彼がズンズンと小刻みに股間を突き上げると、

「ンン……」

喉の奥を突かれたみどりが小さく呻き、たっぷり唾液を出しながら自分も合わせて顔を上下させ、濡れた口でスポスポと摩擦してくれた。しかも、たまに触れる歯も新鮮な刺激となった。

「ああ……、い、いきそう……」

すっかり高まった彼が言うと、みどりはチュパッと軽やかな音を立てて口を離した。

「どうします？」

股間から無邪気な顔で訊いてくるので、挿入でも口内発射でも構わないのだろうか。

「い、入れても大丈夫……？」

「ええ、私も初体験したいです」

息を弾ませて訊くと、彼女もすぐに答えた。

まさか神聖な学舎で、しかも彼女の母親が学長をしている学園内で処女を頂くことになろうとは夢にも思わなかったものだ。

一樹は身を起こし、ソファに浅く腰掛けて背もたれに頭を乗せた。やはりソファでは正常位にしろ女上位にしろ難しいので、この体勢が良いだろう。

するとみどりも、ためらいなく彼の股間に跨がってきた。

彼が下から幹に指を添えると、みどりもその先端に濡れた割れ目を押し当ててくれた。

「中出しして大丈夫なの？」

「ええ、恵理香さんにピルもらっているので」

訊くとみどりが答えた。もちろん避妊のためというより、生理不順の解消のため服用しているのだろう。

みどりは先端に割れ目を擦りつけながら位置を定めると、息を詰めてゆっくり腰を沈み込ませてきた。

張り詰めた亀頭が潜り込むと、あとはヌメリと潤いで、ヌルヌルッと滑らかに根元まで受け入れていった。

「あう……」

みどりが、破瓜《はか》の痛みで微かに眉をひそめて呻き、それでもピッタリと股間を密着して座り込んだ。

一樹も、初めて処女と交わった感激と快感を噛み締め、両手を回して抱き寄せると、彼女も両手で彼の顔にしがみついてきた。

互いに乱れた着衣のまま、肝心な部分だけ繋がっているというのはやけにエロチックだった。

さすがに中はきついが、潤いが充分なので動くのも問題ないだろう。

様子を見ながら小刻みにズンズンと股間を突き上げると、

「アア……」

みどりが喘ぎ、覆いかぶさるようにしがみついてきた。

「痛ければ止すからね」

「いいえ、最後までして下さい……」

気遣って囁くと、みどりは健気に答え、味わうような収縮を繰り返した。

それに一樹の方も、一回動きはじめたらあまりの快感に股間の突き上げが止まらなくなってしまった。

彼女も痛みが麻痺したように、次第に動きが滑らかになっていった。

一樹は肉襞の摩擦と締め付け、熱いほどの温もりと潤いに包まれながら、急激に絶頂を迫らせていった。

高まりながら唇を重ね、ネットリと舌をからめながら動くと、すぐにも彼女が苦しげに口を離した。

「アア、奥が、熱いわ……」

みどりが顔を寄せて喘ぎ、一樹もその口に鼻を押し付け、甘酸っぱい濃厚な吐息でうっとりと鼻腔を満たした。

快感が高まると気遣いも忘れて激しく動き、たちまち彼は大きな絶頂の快感に貫かれ、激しく昇り詰めてしまった。

「い、いく、気持ちいい……！」

快感に口走りながら、熱い大量のザーメンをドクンドクンと勢いよくほとばしらせると、

「あう、熱い……！」

噴出を感じたようにみどりが呻き、ヒクヒクと全身を震わせて収縮を強めた。

あるいは初回からオルガスムスを得たのだろうか。

とにかく彼は快感に身悶えながら、心置きなく最後の一滴まで出し尽くしてしまった。

中に満ちるザーメンで、さらに動きがヌラヌラと滑らかになった。

すっかり満足しながら彼が突き上げを弱めていくと、

「アア……」

みどりも声を洩らし、グッタリともたれかかってきた。

まだ膣内はキュッキュッと息づき、刺激されたペニスがヒクヒクと過敏に内部で跳ね上がった。

「あう、まだ動いてる……」

みどりが呻き、幹の震えを押さえつけるようにキュッときつく締め上げた。

一樹は完全に動きを止めると美少女の重みと温もりを受け止め、熱く湿り気ある吐

息の果実臭で、胸をいっぱいに満たしながら、うっとりと快感の余韻に浸り込んでいった。

やがて密着したまま熱い息遣いを混じらせ、ようやく呼吸が整うと、みどりがそろそろと股間を引き離し、テーブルの隅にあったティッシュを手にして割れ目に当てた。

見ると、ティッシュにうっすらと血が沁み込んでいるのを認め、彼はあらためて処女を頂いたのだという実感を持った。

するとみどりが割れ目を拭いながら膝を突き、彼の股間に顔を寄せた。

愛液とザーメンにまみれた先端を嗅ぎ、

「これがザーメンの匂い……?」

言うなり舌を這わせ、ヌメリを舐め取ってくれたのである。大人しげな見かけによらず、内心は好奇心いっぱいで、前からセックスへの憧れを抱いていたのだろう。

「あうう、も、もういいよ、有難う……」

亀頭をしゃぶられ、彼は過敏に幹を震わせながら呻いた。

やっと彼女も口を離し、ティッシュでペニスを包んで拭ってくれた。

「出血、大丈夫だった……?」

「ええ、ほんの少しだけで、もう止まってます……」

訊くとみどりが答え、二人は立ち上がって身繕いをした。みどりは、拭いたティッシュを自分のポーチに入れたので、やはりここのクズ籠に捨てるのはいけないと思ったのだろう。

「ああ、やっと体験できたわ……」

みどりが言い、やはり後悔の様子も見えないので一樹は安心した。

「じゃ私、寮へ戻って少し休みますね」

みどりが言い、二人は奥の部屋を出た。みどりも今は一人になり、彼女なりに初体験の感慨に耽《ふけ》りたいのだろう。

やがて彼女が出ていって寮に向かうと、一樹は誰もいない図書室で、本を読むでもなく、美少女の処女を頂いた感激に浸った。

そして日が暮れる頃、ようやく腰を上げて寮へ戻ったのだった。

4

（あれ、誰か来たな……）

バスルームで、一樹は脱衣所の物音を聞いた。自分が最後の一人と思っていたが、まだ誰か入るなら声を掛けないといけないと思った。

夕食後に一樹は部屋で少し眠ってしまい、遅くなってから風呂に入っていたのである。

脱衣所を覗くと、ちょうど翔子が服を脱いだところだった。

「あ、ごめんよ。すぐ出るから」

言ったが、翔子も彼の脱いだ服を見て、中にいることは分かっていたらしく、平然としていた。

「構わないわ。一緒に入りましょう」

翔子が言ったので、彼自身は急激にムクムクと勃起してきた。

本当は、今夜はみどりとの体験を思いながら寝ようと思っていたのだが、さっき一眠りしたので淫気はリセットされていた。それに男というものは、相手が代われば何度でも出来る生き物なのだろう。

「あ、じゃ濡らす前に少しだけ嗅ぎたい」

一樹は言い、しゃがみ込んで彼女の片方の足を浮かせ、指の間に鼻を割り込ませて嗅いだ。

翔子も脱衣所の手すりに掴まりながら、足を差し出してくれた。

「沙弥に童貞を奪われたら、すっかり積極的になったのね」

翔子が指先を舐められながら言う。

やはり仲良しらしい沙弥とは何でも話し合っているのだろうが、さすがに彼が姫の処女を奪ったことはまだ知らないようだ。

一樹は陸上部で走り回りジットリ汗ばんだ指の股を嗅ぎ、隅々までしゃぶり付いて足を交代させた。

「ああ、くすぐったくていい気持ち……」

翔子はガクガク膝を震わせて喘ぎ、彼も蒸れた酸性の匂いと湿り気を貪り尽くしてしまった。

両足ともしゃぶると、ようやく二人はバスルームに入り、彼はバスマットに仰向けになった。やはり、翔子には手コキしかしてもらっていないから、やりたいことが山ほどあった。

「ね、顔にしゃがんで」

「いいわ、したいことを何でも口に出すのは良いことよ」

言うと翔子もお姉さんのように答え、ためらいなく彼の顔に跨がると、和式トイレスタイルでしゃがみ込んでくれた。

バネを秘めて鍛えられた長い脚がM字になると、内腿がムッチリと張り詰めて量感を増し、熱気と湿り気の籠もる股間が鼻先に迫ってきた。

僅かに陰唇が開き、沙弥より大きめのクリトリスがツンと突き立って光沢を放ち、息づく膣口もヌラヌラと潤っているではないか。

一樹は腰を抱き寄せ、程よい範囲に茂る恥毛に鼻を擦りつけて嗅いだ。

やはりムレムレの汗の匂いに、ほんのり残尿臭が混じり、悩ましく鼻腔を刺激してきた。

舌を挿し入れて濡れた膣口をクチュクチュ掻き回し、ゆっくりクリトリスまで舐め上げていくと、

「アア、いい気持ち……」

翔子が熱く喘ぎ、思わずギュッと座り込みそうになると彼の顔の左右で懸命に両足を踏ん張った。

彼はクリトリスを舐め回して愛液をすすり、味と匂いを堪能すると翔子の尻の真下に潜り込んでいった。

谷間の蕾はやはり可憐な形で、鼻を埋めて蒸れた匂いを貪ると、顔中に白く丸い双丘が密着してきた。舌を這わせてヌルッと潜り込ませると、滑らかな粘膜は淡く甘苦

い味が感じられた。

「あう、変な気持ち……」

翔子が呻き、キュッキュッと肛門で舌先を締め付けた。

一樹は充分に舌を蠢かせてから、再び愛液が大洪水になっている割れ目に戻ってクリトリスに吸い付いた。

「ああ……、何だか、オシッコ漏れそう……」

ふと翔子が息を詰めて言うので、

「いいよ、して……」

一樹も思わず答えていた。

「いいの？　本当に。いっぱい出そうだから溺れないで」

翔子はためらいも羞じらいもなく言い、下腹に力を入れて尿意を高めた。

彼も期待に激しく勃起しながら息づく割れ目を見上げ、なおも舌を這わせ続けていた。

するると柔肉の奥が迫り出すように盛り上がり、温もりと味わいが変化した。

「あう、出るわ……」

彼女が短く言うと同時に、チョロッとためらいがちな流れがほとばしり、さらにチョロチョロと勢いが付いてきた。

口に受けると、味わいも匂いも淡いものだが、たちまち溢れてきたので堪能する余裕もなく、彼は噎せないよう気を付けながら喉に流し込んでみた。

それは薄めた桜湯のようで抵抗はなく、彼は飲み込んだが溢れた分が口から溢れ、左右の頬を温かく伝い流れて耳まで濡らした。

「ああ、こんなことするの初めて……」

翔子が息を弾ませて言いながら、ゆるゆると放尿を続けた。

それでもピークを過ぎると、ようやく勢いが衰えて流れが治まった。

あとはポタポタと余りの雫が滴ったが、それに愛液が混じりツツーッと糸を引くようになった。

一樹は残り香の中で雫をすすり、割れ目内部を舐め回した。すると愛液の量が増えて残尿が洗い流され、淡い酸味のヌメリが満ちていった。

ようやく翔子も力を抜き、股間を引き離した。

「飲んだの？」

「うん、少しだけ」

「顔中ビショビショよ、洗う？」

「まだこのままでいい」

答えると、翔子は彼の股間に顔を移動させて屈み込み、張り詰めた亀頭にしゃぶり付いてくれた。

「ああ……」

一樹は快感に喘ぎ、翔子も貪るように吸い付きながら根元まで含み、熱い息を股間に籠もらせて舌をからめた。

そして充分に唾液にまみれると、彼女はスポンと口を離して顔を上げた。

「いいわ、入れて」

「跨いで上から入れて」

彼が答えると、翔子は首を横に振った。

「女上位は沙弥としたでしょう。色んな体位を試すといいわ」

彼女は言い、一樹を引き起こした。

そして翔子はバスマットに四つん這いになり、形良い尻を突き出した。

「最初はバックからよ」

言われて一樹も膝を突いて股間を進め、バックから先端を膣口に押し当てていった。

感触を味わいながらゆっくり挿入していくと、彼自身はヌルヌルッと滑らかに根元まで吸い込まれ、股間に尻が密着して心地よく弾んだ。

「アア、いい気持ち……」

翔子が顔を伏せて喘ぎ、キュッキュッと締め付けてきた。

温かく濡れた膣内は実に心地よく、それに股間に当たる尻の感触も良かった。

一樹は腰を抱えて何度か突き動かし、彼女の背に覆いかぶさると両脇から回した手で形良い乳房を揉んだ。

ショートカットの髪に鼻を埋めると、ほのかに汗の匂いがした。耳の裏側も嗅ぐと蒸れた匂いが感じられ、膣内のペニスが歓喜に震えた。

思えば、最初に射精させてくれた女性である。そのときも、積極的に頼めば最後までさせてくれたのだろう。

やがて一樹は、少し動いて高まっただけで身を起こし、ペニスを引き抜いた。

「あう、バックはダメ？」

「ううん、気持ちいいけど、顔が見えないので物足りない」

「そう、じゃ今度は横から」

翔子が言い、横向きになって脚を伸ばし、上の脚を真上に差し上げた。

一樹も彼女の下の内腿に跨がり、松葉くずしの体位で挿入しながら、上の脚に両手でしがみついた。

「ああ、いいわ……、動いて……」

翔子が横向きのまま熱く喘ぎ、彼もズンズンと股間を突き動かした。

これも変わった快感があった。

膣内の摩擦のみならず、互いの内腿も心地よく擦れ合い、しかも股間が交差しているので密着感も高まった。

しかし、やはり顔が遠く、唾液や吐息が貰えないので、少し動いただけで彼はペニスを引き抜いた。

「じゃ、最後は正常位でね。もう抜かないで」

翔子が仰向けになって言い、股を開いた。一樹も股間を進め、みたびヌルヌルッと根元まで挿入していった。

「あう、奥まで感じるわ……」

何度も挿入したので、すっかり翔子も高まっているように顔を仰け反らせて言った。

一樹は股間を密着させ、脚を伸ばして身を重ねていった。

まだ動かず、屈み込んで両の乳首を吸い、舐め回しながら顔中で張りのある膨らみを味わった。左右の乳首を味わい尽くすと、さらに一樹は翔子の腕を差し上げ、腋の下に鼻を埋め込んで嗅いだ。

今日も走り続けた翔子の腋はジットリと生ぬるく湿り、甘ったるい汗の匂いが濃厚に沁み付いて鼻腔を刺激した。

そして汗ばんだ首筋を舐め上げ、上からピッタリと唇を重ねていくと、

「ンン……」

翔子も熱い息で彼の鼻腔を湿らせ、チロチロと舌をからめてくれた。

一樹は生温かな唾液に濡れ、滑らかに蠢く舌を味わいながら、ぎこちなく徐々にズンズンと腰を突き動かしはじめていった。

5

「アア、気持ちいい、もっと突いて、強く奥まで……」

翔子が唾液の糸を引いて口を離し、喘いで両手でしがみつきながら股間を突き上げてきた。

あまりに激しい突き上げなので、互いのリズムと角度が合わず、何度か動いているうちヌルッとペニスが抜けてしまった。

「あう、ダメよ、落ち着いて……」

「あの、やっぱり女上位がいい」

彼が言うと、翔子も身を起こしてきた。

「仕様がないわね。これからは、なるべく色んな体位で出来るようにね」

「うん、ごめん」

一樹は答えながら仰向けになると、翔子もヒラリと跨がり、愛液に濡れたペニスをヌルヌルッと根元まで嵌《は》め込んでくれた。

一度に四つの体位を順々に体験できるのも実に貴重なもので、彼は身を重ねてきた翔子を両手で抱き留めながら、沙弥に言われた通り両膝を立てて彼女の尻を支えた。

これで翔子が激しく動いても、仰向けの彼の背と腰は安定しているので抜けることもないだろう。

彼女も一樹の胸に乳房を押し付け、上から近々と顔を寄せてきた。

「ね、沙弥とどっちがいい？」

「両方……、みんな違ってみんないい」

みどりのことも含めた答えだったが、

「そう、若殿らしい答えだわ」

翔子は言い、徐々に腰を動かしはじめた。

「唾を垂らして……」

一樹も徐々に股間を突き上げながら囁いた。すると翔子はためらいなく唾液を分泌させると形良い唇をすぼめて迫り、白っぽく小泡の多い唾液をトロトロと吐き出してくれた。

それを舌に受けて味わい、うっとりと喉を潤して酔いしれた。

「美味しい？」

「うん、顔に強くペッて吐きかけて」

さらにせがむと、翔子も大きく息を吸い込んで止め、口を寄せて強くペッと吐きかけてくれた。

「ああ、気持ちいい……」

熱い息とともに、生温かな唾液の固まりが鼻筋を直撃し、ヌラリと頬の丸みを流れた。顔中で乾きはじめたオシッコの匂いに唾液の香りが混じり、さらに翔子の吐き出す甘酸っぱいイチゴ臭の吐息に幹が震えた。

「本当、中でピクピクして悦んでるわ」

翔子が彼の性癖を不思議そうに見下ろしながら言い、応えるようにキュッキュッと締め上げてきた。

次第に絶頂が迫ると、一樹も突き上げを強めた。

「アア、いきそう……」

翔子も喘ぎ、大量に溢れた愛液で互いの股間をビショビショにした。

一樹は彼女の喘ぐ口に鼻を押し込み、口の中の濃厚な果実臭を胸いっぱいに嗅いだ。

「いい匂い……」

高まりながら言うと、翔子も惜しみなく熱くかぐわしい息を吐きかけてくれ、鼻の穴をヌラヌラと舐め回してくれた。

「い、いく……、気持ちいい……！」

たちまち彼は絶頂に達し、口走りながらありったけの熱いザーメンをドクンドクンと勢いよくほとばしらせてしまった。

「いいわ……、アアーッ……！」

すると翔子も声を上げ、ガクガクと狂おしいオルガスムスの痙攣を開始し、収縮と締め付けで彼自身を揉みくちゃにしてくれた。

一樹は心ゆくまで快感を味わい、最後の一滴まで出し尽くしていった。

「ああ……」

彼は声を洩らし、突き上げを止めてグッタリと身を投げ出した。

すると翔子も全身の強ばりを解き、力を抜いて遠慮なくもたれかかってきた。

「すごく良かったわ……、これからもしようね……」

彼女がイチゴ臭の息で囁くと、一樹も頷いた。

息づく膣内に刺激され、幹が過敏にヒクヒクと跳ね上がると、

「あう、もう暴れないで……」

翔子も敏感になっているように呻き、きつく締め上げてきた。

一樹は翔子の重みと温もりを受け止め、熱く甘酸っぱい吐息で胸を満たしながら、うっとりと快感の余韻を噛み締めたのだった。

ようやく呼吸を整えると翔子が股間を引き離し、彼も身を起こした。

そして二人でシャワーを浴びると、翔子は湯に浸かり、一樹は先に上がることにした。

身体を拭いてジャージを着ると、彼はキッチンで烏龍茶を飲んでから自室へと戻った。

すぐベッドに横になり、ここへ来てからの三人との女性体験を一つ一つ思い浮かべたが、さすがに心地よい疲労に包まれていて、あっという間に深い睡りに落ちていっ

たのだった……。

——翌朝、朝食を済ませた一樹は寮を出て校舎に向かった。

もちろん一晩ぐっすり寝て淫気も体力も回復し、今日も何か良いことがあるだろうと胸を弾ませていた。

しかし、そのときけたたましい爆音が聞こえ、驚いて振り返ると、何と三台の大型バイクが入って来たではないか。

先頭はレスラーのように大柄な、眉の濃い男だ。

二台目はスキンヘッドのデブ、三台目は二人乗りで面長の出っ歯と猿顔の小柄な男で、みな学ランを羽織ってノーヘルだった。

三台のバイクが校舎脇に停まり、四人が降りてきた。

「新しい転校生だわ。四人来るって聞いていたので」

ちょうど横に来ていた恵理香が、一樹に囁いた。

「構わず行きましょう」

恵理香に促され、一樹も怯《ひる》みながら一緒に校舎に入った。

さっきまでの良い気分がいっぺんに吹き飛び、重苦しい緊張と不安に下腹が痛んだ。

そういえば今日も寮で大の用を足していないので、四階まで上がった一樹は教室にカバンを置き、急いで男子トイレに入ったのだった。

そして一樹が教室に戻ると、すぐに朝のホームルームで担任の美百合が入ってきた。

今日も清楚なメガネ美人だが、美百合の顔色は優れなかった。それも、続いて四人の不良たちが入って来たからだろう。

「新しい転校生を紹介します。じゃ、順々に黒板に名を書いて」

美百合が言うと、リーダー格らしい大男がチョークを手に名を書いた。

鴨江圭吾《かもえけいご》、という名で、不敵な笑みを浮かべて皆を見回している。

スキンヘッドのデブは八代武《やしろたけし》。猿顔は青田忠《あおたただし》。ノッポの出っ歯は兼山稔《かねやまみのる》ということだ。

みな下手くそな字だが、圭吾だけは大きく堂々とした書体だった。

声に出して自己紹介する様子もないので、美百合もあまり関わりたくないのかすぐ後ろの方に空いた四つの席を指すと、彼らも黙って席に着いた。

やがてホームルームが終わって美百合が出ていっても、教室内は異様な緊張に包まれている。

やはり四人に威圧されているのだが、しかし恵理香と翔子と沙弥の三羽ガラスだけは、さすがに肝が据わっているのか顔色も変えず、いつものようにリラックスした表情だった。

やがて授業が始まっても、四人は私語を交わすわけでもなく、タバコを吹かすわけでもない。

表面上は大人しく授業を受けている様子である。やはり他校を退学になり、ここを追い出されたら行くところがないから今のところ猫を被っているのかも知れない。

まあ、奴らが文芸部になど入ることはないだろうが、とびきり美少女のみどりが狙われたら大変だ。

いや、他にも美形は山ほどいるが、果たして彼女たちを守ることは出来るのだろうかと一樹は不安になり、また便意を催しそうになってしまった。

もちろん一樹は喧嘩などした経験はないし、他の大人しい男子たちも頼りになりそうもなかった。

どうしてこんな連中を入れたのかと学長のかがりを恨めしく思ったが、本来ここはそうした方針の学園なのだろう。

まあバイク通学は黙認するとしてもかがりのことだからヘルメット着用ぐらいは厳しく言うに違いない。

やがて四教科の授業は何事もなく終わり、連中も特に問題を起こすこともなかった。
しかし一樹の不安は去らず、それは嵐の前の静けさに思えたのだった。

第三章　メガネ美人教師の淫欲

1

「おい、お前、昼飯買ってこい。ハンバーガー二個と無糖紅茶だ」

四時限目の授業が終わり、昼休みに入った途端に圭吾が一樹の方を見て野太い声で言った。

「え……？」

寮へ戻ろうとしていた一樹が驚いて顔を向けると、

「俺はペヤングとカレーパン、おい！　お前だよ、聞いてるのか。返事ぐらいしろ！」

デブの武が怒鳴り、いきなり一樹の胸ぐらを掴んで教室の後ろへと引っ張り出した。

他の生徒は息を呑み、男子も含めて前の方へと避難した。

一樹は身をすくませた。何しろ町のコンビニまで徒歩ではとても行けないし、自転車もないのだ。

一樹が硬直していると、

「自分の餌ぐらい自分で買いに行け。何のためのバイクだ」

凛とした声がし、武が驚いて一樹の胸から手を放し、後ろの方を見た。忠と稔もそちらに進み、圭吾は少し離れたところから成り行きを見ていた。

言ったのは恵理香だ。

彼女は一樹を後ろに下がらせ、四人の前に立った。

すると圭吾が、腕組みしながら低く言った。

「おい、お前ら、餌とか言われて黙ってるのかよ」

圭吾の言葉に、三人の子分は色めき立って恵理香を取り囲んだ。

(い、いけない……)

一樹は思い、咄嗟《とっさ》に恵理香を庇おうとしたが、それは間に合わず、彼女が落ち着いた声を出した。

「猿に豚に河童か。まるで西遊記だな」

「あははは!」

恵理香の言葉に、何と翔子と沙弥が能天気な笑い声を立てた。

「ふふ、そっちのデクの棒は三蔵にしちゃ知性と気品がなさすぎる。可哀想に、四匹ともバカな親から生まれたのだな」

恵理香も笑みを含んで言うと、子分の三人が激昂して掴みかかってきた。

しかし一瞬にして、長身の恵理香が横一直線に伸びたように見えた。

「うげ……！」

「むぐ……！」

忠の顔面に恵理香の掌底が炸裂し、伸びた爪先が稔の水月にめり込んだのだ。

二人は左右に吹っ飛んで倒れ、さらに恵理香は正面の武の胸ぐらを引き寄せて振り向くや否や、目にも留まらぬ背負い投げ。

「ぐえぇ……！」

デブなのに軽々と宙を舞った武が、床にたたきつけられて苦悶した。

何という素早さだろう。恵理香は剣道や弓道ばかりでなく、空手や柔道もやるのだろうか。

しかもスナップと瞬発力、テコの原理という最小限の力と動きで三人を秒殺していたのである。

「すごおい、恵理香」

翔子と沙弥が歓声を上げ、無邪気に手を叩いたが、他の生徒はあまりの成り行きに声もなく身を強ばらせていた。

すると、さすがの圭吾も顔色を変え、腕組みを解いて一歩前に出た。

「化け物か、お前は」

「生徒会長、松尾恵理香。当学園では、いかなる苛《いじ》めも許さない」

「ふん、いいだろう。今日のところは自分で餌を買いに行くとするか。おい、お前ら、いつまで寝てるんだ！」

圭吾が言い、悠然と教室を出ていくと、苦悶していた三人も必死に助け合いながら身を起こし、這々《ほうほう》の体で出ていったのだった。

（す、すごい……）

一樹は感嘆し、思わず椅子に座り込んだ。あまりに超人的な技に、女子に助けられたという不甲斐なさもあまり感じなかった。

「さあ、若殿、寮へ戻ってお昼にしよう」

翔子と沙弥が言い、両側から一樹を引き立たせ、恵理香も一緒に教室を出た。

膝が震え、ガクガクとぎこちなく階段を下りると、いつまでも二人は左右から支えてくれ、四人は校舎を出た。

見ると三台のバイクが爆音を蹴立て、校門から出ていくところだった。

それを無視するように四人は寮へ戻り、手を洗ってからパンとカレー、冷凍パスタなど思い思いの昼食を温めた。

「え、恵理香は、空手や柔道もやるの？」

まだ胸の震えが治まらないまま、彼が食事しながら恵理香に訊くと、左右の二人が答えた。

「あれぐらい私たちだって出来るわよねぇ」

「ええ、あの四人が大したことないのは一目で分かるんだから」

翔子と沙弥が目を見合わせて言い、すると恵理香が顔を上げた。

「鴨江圭吾だけは少し違う。鴨江建設の社長、圭太郎《けいたろう》の一人息子」

恵理香が言うと、

「へえ、そうなの」

「わが滝の浦の里にレジャー施設を計画しているという」

二人も目を鋭くさせて答え、あとは黙々と食事を続けはじめた。

「そ、その、鴨江建設っていうのは……？」

一樹が訊いてみると、二人が訥々《とつとつ》と説明してくれた。

一応は株式会社とはいっても、大部分はヤクザまがいの破落戸《ごろつき》で、圭吾がリーダーをしている暴走族のメンバーが大半、強引な買収で山の自然を破壊しはじめているらしい。

「へえ……」

一樹は頷き、ではまだまだ悶着は起きそうだと不安に駆られながら、それでも何とか自分の分を食べ終えて洗い物をした。

昼休みを終えて校舎に戻り、五時限目の授業が始まったが、あの四人は戻ってきていなかった。

もう本性を現したからには猫を被るのを止め、堂々とサボりはじめたのかも知れない。だから生徒たちも、ほっとしたように午後の授業を終えて放課後になったのだった。

一樹は図書室に行ってみたが、みどりも美百合もいなかったので、早々と寮へ帰ろうと思い校舎を出た。

すると、そこへ剣道着姿の恵理香が竹刀を持って駆け寄ってきたのだ。

「来て！」

言うなり一樹の手を握って走り出し、

「うわ、待って……！」

彼も言いながら、必死に走った。

行き着いた先は、体育館の脇にあるスポーツ用具室だった。

ちょうどドアから、武と忠と稔の三人が出てきたところだった。

どうやら、いつの間にか校内へ戻ってきていたらしい。そういえばさっき爆音が聞こえたような気がしていたが、見ると校門の内側に三台のバイクが停められていた。

恵理香が一樹の手を離し、竹刀を構えて三人に迫った。

「う……、こ、この女……」

三人は目を丸くして慌てふためき、それぞれポケットからナイフを取り出して身構えた。どうやら素手では敵わぬと思い、外出先でそんなものを仕入れてきたのだろう。

だが恵理香はスタスタと無造作に進んで間合いを詰めるなり、電光石火の素早い小手打ちで三人の得物を叩き落としていた。

「うぐ……！」

三人は手首を押さえてうずくまり、顔をしかめながら、どう戦おうか頭を巡らせているようだった。

「うるせえぞ、騒ぐな！」

するとドアが開き、圭吾が顔を出し、恵理香を見ると目を丸くした。

「て、てめえ……！」

圭吾は憤怒に顔を真っ赤にさせ、何かを取り出して外に出てドアを閉めた。

見ると、それは何と日本刀ではないか。スラリと鞘を払って恵理香に切っ先を向けた。

「うわ……」

見ていた一樹は腰を抜かしそうになったが、またもや恵理香は素早く奴に迫るなり、ピシリと素早い小手打ちで得物を落とさせ、さらに容赦なく圭吾の喉に渾身の突きを見舞っていた。

「ウッ……！」

ひとたまりもなく圭吾は呻き、喉を押さえて後退しながら用具室の壁に寄りかかった。すると恵理香は、三人が落としたナイフを拾い、いきなり圭吾に投げつけたのだ。

「ヒッ……！」

圭吾は息を呑んで肩をすくめた。三本のナイフが、カカッと彼の顔の左右と頭上に突き刺さったのである。

さすがの圭吾も青ざめ、そのまま腰を抜かした。

「消えろ」

恵理香が言い、刀と鞘を拾うなりクルリと一回転させパチーンと鮮やかに鞘に納めた。

「う、うわぁ……」

するとさん人が悲鳴を上げ、尻餅をついている圭吾を抱き起こすと、四人でバイクの方へと逃げだしていったのだった。

2

「あとはお願い」

恵理香が用具室のドアを指して一樹に言い、引き抜いた三本のナイフと、竹刀と刀を抱えて武道場へと引き返していった。

それを見送ると同時に、三台の爆音も遠ざかっていった。

一樹は全身を震わせながら、恐る恐る用具室のドアを開けて中に入ってみた。

すると、敷かれたマットに女性が仰向けにされ、目隠しと猿ぐつわ、しかもスカートがめくられて下着も脱がされ、両手両膝がロープで縛られ左右全開になって固定されているではないか。

ブラウスのボタンもちぎれ、ずらしたブラから白い乳房がはみ出している。

落ちていたメガネで、それが美百合だと分かった。

どうやら四人は、女生徒だと強い恵理香が付いていると思い、清楚なメガネ美人の美百合を監禁し、順々に犯そうとしていたのだろう。

大股開きにされ、股間が丸見えになっている。柔らかそうな恥毛と、割れ目からはみ出した陰唇が実に綺麗な薄桃色をしていた。

「せ、先生……」

一樹は言って近づき、まずは猿ぐつわの手拭いを解いてやった。手拭いには、美百合の唾液が沁み込んでジットリと湿っていた。

「だ、誰……！」

「僕です。笠間一樹」

美百合が怯《おび》えた声を洩らすと、彼は答えながら目隠しも外してやった。

「ああ……、私は助かったのね……」

彼女は息を震わせて言い、一樹も手足の縛めを解いた。

美百合は自分の状況を知ると慌てて両膝を閉じ、脱がされた下着を穿いた。パンストは裂かれているので一樹が丸めて隅に置き、彼女はブラを整えてブラウスの前を合わせた。

一樹がメガネを拾って渡すと、美百合は掛けながら、あらためて彼の顔を見つめた。

「あの四人が襲ってきて……」

「ええ、話さなくていいです。何かされる前で良かった」

一樹が言うなり、美百合は彼に激しくしがみついてきた。

生ぬるく甘ったるい汗の匂いが濃厚に漂い、震える吐息は花粉のように甘い匂いを含んでいたが、緊張と恐怖で口内が乾き、かなり刺激が濃くなって彼の鼻腔を悩ましく掻き回した。

「き、君が助けてくれたの……」

美百合が声を震わせて言い、一樹は否定しようとしたが、すぐ彼女が続けた。

「お願い、家まで一緒に来て。恐くて一人じゃ運転できないわ……」

言うので彼も助け起こしながら、何とか用具室を出た。

美百合は町のハイツから車で通勤しているので、校門内の駐車場に行くと白い軽自動車のロックを外した。

一樹が助手席に乗り込むと、運転席に座った美百合もシートベルトをして、何度か深呼吸してからエンジンを掛けた。

「どうか気を付けてゆっくり」

彼が言うと美百合も頷き、ゆっくり車をスタートさせ、校門を出て下り坂に向かった。

徐々にハンドルさばきも安定してきて、彼女の呼吸も整ったようだ。

町までは一本道だし、対向車が来るような場所でもない。

車は緩やかに坂を下り、十分ほどで町に出た。

ここも元々車の多い地域ではないので、途中で連中のバイクに行き合うこともなく、学校を出て二十分足らずで無事に彼女のハイツの駐車場に入ることが出来たのだった。

「上がって」

美百合が言い、車を降りると、一樹も一緒にハイツ一階の端にある彼女の部屋に入った。

上がると清潔なキッチンにテーブルがあり、奥はワンルームタイプ。窓際にベッドと手前に机に本棚、ソファやテレビなどが機能的に配置され、あとはバストイレだろう。

室内に籠もる生ぬるく甘い匂いに、思わず彼は股間を疼かせた。

「ああ、恐かった……」

部屋に入り、安心したように美百合が言うなり、いきなり一樹にしがみついてきた。

彼も甘い髪の匂いを感じながら、そろそろとベッドの方へ移動させて美百合を座らせた。

「笠間君、私の恥ずかしい姿を見たのね……」

美百合が、彼の胸に顔を埋め必死に抱きつきながら言った。

「よ、良く覚えていません、夢中で……」

一樹は答えながら、痛いほど股間が突っ張ってきてしまった。

そう、本来は同級生の女子より、美百合のように十歳ぐらい年上の美女に手ほどきを受けるのが憧れだったのである。

「笠間君が来てくれなかったら、私はあの四人に順々に犯されていたのね……」

彼女は身震いしながら言った。

「でも、そんな事態にはならなかったのだから、また明日から来て下さいね。充分に注意すれば大丈夫ですから」

一樹が言うと、そろそろと美百合が顔を上げて彼を見つめてきた。

もう堪らず、彼は顔を寄せてそっと唇を重ねてしまった。

まさか自分の人生で、女教師とキスする日が来るなど今まで夢にも思わなかったものだ。

美百合も普段とは違い、やはりまだ衝撃がくすぶって朦朧としているのか、拒む様子はなかった。

彼女はメガネ越しに目を閉じ、互いの混じり合った息でレンズが曇り、彼の鼻腔が熱く湿った。

密着する唇の感触を味わいながら、そっと舌を挿し入れ、滑らかで綺麗な歯並びを左右にたどると、すぐに彼女も歯を開いて受け入れてくれた。

舌をからめると、彼女もチロチロと蠢かせ、彼は生温かな唾液に濡れて滑らかに蠢く美人教師の舌を味わった。

「ンンッ……」

すると美百合が熱く鼻をならし、チュッと強く彼の舌に吸い付いてきた。いったん舌をからめると、くすぶっていた淫気が一気にほとばしってきたようだ。

やはり清楚で知的な女教師でも、その内には熱い欲望を秘めていたのかも知れない。

舌のヌメリを貪りながら、一樹はボタンがちぎれて乱れたブラウスの中に手を差し入れ、ブラの上から膨らみを揉んだ。

「ああ……、笠間君……」

美百合が唇を離し、細く唾液の糸を引きながら熱く喘いだ。そして胸に当てた彼の手に手のひらを重ね、グイグイと押し付けてきたのである。

一樹は、喘ぐ口から吐き出される熱く濃厚な花粉臭の吐息に酔いしれ、懸命にブラをずらそうとした。

「待って、脱ぐわ……」

美百合が言い、いったん彼が手を離すと、もう捨てることになるであろうブラウスを脱ぎ去り、ブラも外した。そして腰を浮かせ、スカートと下着を脱いでしまったのだ。

たちまち美百合が一糸まとわぬ姿でベッドに横たわると、一樹も手早く全裸になってのしかかった。

意外に豊かな乳房が形良く息づき、ほっそり見えたが腰の丸みも豊満で、スラリとした脚が伸びていた。そして今まで服の内に籠もっていた熱気が解放され、濃く甘ったるい匂いが揺らめいた。

全裸に、メガネだけ掛けているのが実に興奮をそそった。

堪らずに一樹はチュッと乳首に吸い付き、舌で転がしながら顔を埋め込んで膨らみの感触を味わった。

「アア……、いい気持ち……」

美百合がビクッと顔を仰け反らせて喘ぎ、彼の髪を撫で回してきた。

一樹は左右の乳首を順々に含んで舐め回し、彼女の腋の下にも鼻を埋め込んで嗅いだ。そこは生ぬるくジットリと湿り、甘ったるい濃厚な汗の匂いが籠もって彼は噎せ返った。

美人教師の体臭で胸を満たし、一樹は白く滑らかな肌を舐め下り、臍を探り、ピンと張り詰めた下腹に顔を埋めて弾力を味わった。

そして例により股間は最後に取っておき、彼は腰の丸みから脚を舐め下りていった。

スベスベの両脚を味わい、足裏にも舌を這わせ、形良く揃った指の間に鼻を押し付けると、やはりそこは生ぬるい汗と脂に湿って、蒸れた匂いを濃厚に沁み付かせていた。

匂いを貪ってから爪先にしゃぶり付き、指の股に順々にヌルッと舌を割り込ませて味わうと、

「あう、ダメ、汚いから……!」

美百合が驚いたように呻き、嫌々をしたが拒みはしなかった。やはり今までの彼氏は、足指をしゃぶらないようなダメ男ばかりだったのだろう。

一樹は両足とも味と匂いを貪り尽くすと、いよいよ股を開かせ、脚の内側を舐め上

げて股間に迫っていった。

3

「アア……、は、恥ずかしい……」

大股開きにさせ、一樹がムッチリした内腿をたどって割れ目に迫ると、美百合は股間に熱い視線と息を感じて喘いだ。

やはりスポーツ用具室で見たときは慌ただしかったので、一樹は今こそじっくりと目を凝らした。

はみ出した陰唇を指で左右に広げると、中ではピンクの柔肉がヌメヌメと潤っていた。ここへ来てから急激な興奮で濡れはじめたのか、あるいはレイプされるという恐怖の中でも濡れていたのか、それは分からない。

膣口が襞を入り組ませて妖しく息づき、奥からは白っぽく濁った本気汁まで滲み出ていた。

クリトリスは小豆大で光沢を放ち、もう我慢できずに一樹は顔を埋め込んでいった。

柔らかな恥毛に鼻を擦りつけて嗅ぐと、濃厚に蒸れた汗とオシッコの匂いが鼻腔を刺激してきた。あるいは強引に脱がされるとき、僅かに漏らしていたのかも知れない。

「いい匂い」

「あう、ダメ……！」

嗅ぎながら思わず股間から言うと、美百合はシャワー前だということを思い出したように呻き、激しく身悶えた。

一樹は美人教師の濃い匂いでうっとりと胸を満たし、割れ目に舌を這わせていった。淡い酸味のヌメリに満ちた膣口の襞をクチュクチュ掻き回し、ゆっくりクリトリスまで舐め上げていくと、

「アアッ……！」

美百合が喘ぎ、キュッときつく内腿で彼の顔を挟み付けてきた。

一樹はチロチロと舌先で弾くようにクリトリスを刺激しては、溢れてくる愛液を掬《すく》い取った。

そして味と匂いを堪能してから美百合の両脚を浮かせ、尻の谷間に鼻を埋め込み、可憐なピンクの蕾に籠もる蒸れた匂いを貪った。

顔中を弾力ある双丘に密着させ、蕾に舌を這わせて濡らし、ヌルッと潜り込ませて滑らかな粘膜を探ると、

「く……、嘘……！」

美百合が呻き、キュッと肛門できつく舌先を締め付けてきた。あるいは、ここも舐められるのは初めてかも知れない。

一樹は充分に舌を蠢かせ、ようやく脚を下ろして再び割れ目に戻ると、大洪水の愛液をすすってクリトリスに吸い付いた。

「い、いい気持ち……」

すっかり美百合も快感に専念したように口走り、ヒクヒクと白い下腹を波打たせて悶えた。あるいは、すでに小さなオルガスムスの波を感じているのかも知れない。

すると、急にガクガクと腰をよじり、

「ダメ、止めて……」

声を絞って彼の顔を股間から追い出しにかかった。あるいは舌で果てるのを惜しみ、早く一つになりたいのかも知れない。

一樹も股間から這い出し、彼女に添い寝していった。

そして喘ぐ口に鼻を押し込んで、濃厚な花粉臭の吐息を嗅ぎながら、美百合の手を握ってペニスに導いた。

するとと彼女もニギニギと愛撫してくれ、顔を移動させていったので、一樹は仰向けの受け身体勢になった。

大股開きになると彼女も真ん中に腹這い、まず陰嚢を舐め回してくれた。あるいは元彼が好んだ愛撫かも知れず、受け身になると彼女の男性体験が垣間見えるようで興味深かった。

やがて充分に陰嚢を唾液に濡らすと、彼女は前進して肉棒の裏側を舐め上げ、粘液の滲む尿道口をチロチロと舐め、そのまま喉の奥までスッポリと呑み込んでいった。

「ああ……」

一樹は快感に喘ぎ、美人教師の口の中でヒクヒクと幹を上下させた。

美百合は彼の股間に熱い息を籠もらせ、幹を締め付けて吸い、口の中ではクチュクチュと舌をからめてきた。

恐る恐る股間を見ると、メガネ美女が深々と含み、上気した頰をすぼめて吸い付いている。

快感に任せて思わずズンズンと股間を突き上げると、

「ンン……」

美百合が小さく呻き、自分も顔を上下させスポスポと摩擦してくれた。

下向きのため唾液が溢れ、心地よく陰嚢の脇を伝い流れた。

「い、いきそう……」

絶頂を迫らせて言うと、美百合もスポンと口を離して顔を上げた。

そして彼女は添い寝してきたので、どうやら受け身になりたいようだ。

女教師の手ほどきだから女上位が望みだったが、仕方なく彼も身を起こして上になった。

何しろ彼女も大きな衝撃のあとだから、上になって動くより下でされるままになりたいのだろう。

股を開かせて股間を進め、急角度に反り返っている幹に指を添えて下向きにさせ、濡れた割れ目に先端を擦り付けた。

位置を定め、ヌルヌルッと根元まで挿入していくと、何とも心地よい肉襞の摩擦と温もりが彼自身を包み込んだ。

股間を密着させ、感触を味わいながら身を重ねていくと、

「アア……、いい気持ち……」

美百合が喘ぎ、下から両手でしがみついてきた。

やはりあの四人なら愛撫もせず突っ込むだけだろうから、それに比べればあちこち舐めたあとの挿入だから快感も大きいようだ。

彼は美百合の肩に手を回し、身体を密着させると胸の下で乳房が押し潰れて心地よく弾んだ。

腰を突き動かしはじめると、大量の愛液ですぐにも動きが滑らかになり、

「あう、もっと強く……」

美百合は呻き、合わせてズンズンと股間を突き上げはじめた。

たちまち二人の動きがリズミカルに一致し、ピチャクチャと淫らな摩擦音も聞こえてきた。

「中に出して大丈夫……？」

「ええ、いいわ、いっぱい出して……」

気遣って囁くと美百合が答え、締め付けと潤いを増してきた。

一樹も快感を噛み締めながら、いつしか股間をぶつけるように律動し、もう引き抜けるような心配もないまま絶頂を迫らせていった。

すると先に、美百合の方がガクガクと狂おしいオルガスムスの痙攣を開始したのだった。

「い、いっちゃう……、アアーッ……！」

彼女が身を弓なりにさせて喘ぎ、収縮を強めた。たちまち一樹も昇り詰め、大きな

絶頂の快感に全身を貫かれてしまった。

「い、いく……！」

短く呻き、熱い大量のザーメンをドクンドクンと勢いよく注入すると、

「ああ、もっと……！」

噴出を感じ、駄目押しの快感を得たように美百合が口走った。

一樹は心ゆくまで快感を味わい、最後の一滴まで出し尽くすと、すっかり満足しながら動きを弱めていった。

そして遠慮なくもたれかかると、

「アア……」

美百合も満足げに声を洩らし、グッタリと全身の力を抜いて四肢を投げ出していった。

まだ膣内がキュッキュッと名残惜しげに締まり、刺激されたペニスは中でヒクヒクと過敏に跳ね上がった。

一樹は完全に動きを止めて体重を預け、彼女の喘ぐ口から洩れる濃厚な花粉臭の吐息を胸いっぱいに嗅ぎながら、うっとりと快感の余韻に浸り込んでいったのだった。

まさかあの四人の不良も、あのあと一樹が美百合と交わったなど夢にも思っていな

いだろう。

やがて重なったまま呼吸を整えると、一樹は身を起こし、そろそろと股間を引き離していった。そしてティッシュを探したが、そのまま美百合も起き上がってきた。どうやら、このままバスルームに移動するようだった。

4

「ああ、あのときは恐くてどうなるかと思ったけど、笠間君とこうなって、すごく良かったわ……」

シャワーを浴びると、ようやく美百合もほっとしたように言ってバスルーム内の椅子に座り込んだ。後悔の様子もないので一樹も安心し、湯に濡れた肌を見るうち、すぐにもムクムクと回復してしまった。

しかもバスルームだから、さすがに彼女もメガネを外すと何やら見知らぬ美女と全裸でいるような気になった。

「ね、こうして……」

一樹はバスルームの床に座って言い、目の前に美百合を立たせた。

さらに彼女の片方の足を浮かせ、バスタブのふちに乗せ、開いた股間に顔を埋めた。

濃厚だった匂いは薄れてしまったが、割れ目を舐めると新たな愛液が溢れ、すぐにもヌラヌラと舌の動きが滑らかになった。

「どうするの……」

「オシッコ出して……」

股間から言うと、美百合がビクリと身じろいだ。

「む、無理よ、そんなこと……」

「ほんの少しでいいから」

彼が腰を抱え、舌を這わせながら言うと、美百合も恐怖の思いに尿意が高まっていたか、息を詰めてじっとしていた。

なおも舐め回してクリトリスに吸い付いていると、急に味わいと温もりが変化して奥の柔肉が妖しく蠢いた。

「あう……、ダメ、本当に出ちゃう……、アア……」

美百合が喘ぐと同時に、チョロチョロと熱い流れがほとばしってきた。

一樹は口に受けて味わい、やや濃い味と匂いに酔いしれながら少しずつ喉に流し込んだ。たちまち勢いが付くと、溢れた分が温かく肌を伝い流れ、回復したペニスが心

地よく浸された。

「ああ、信じられない、こんなことするなんて……」

美百合が膝をガクガク震わせて喘ぎ、それでもピークを過ぎると急に勢いが衰え、間もなく流れは治まってしまった。

なおも一樹は舌を這わせて余りの雫をすすり、悩ましい残り香の中で柔肉を貪った。

「ああ……、も、もうダメよ……」

美百合が必死に言って彼の顔を股間から引き離し、足を下ろすとクタクタと椅子に座り込んだ。

彼は口もすすがず、屈み込んで彼女に唇を重ね、執拗に舌をからめては濃厚でかぐわしい吐息に酔いしれた。

もちろん彼はもう一回射精しなければ治まらなくなり、美人教師の舌を貪りながら彼女の手を取りペニスに導いた。

「アア……、もうこんなに大きく……」

ようやく美百合が唇を離して喘ぎ、ニギニギと愛撫してくれた。

「でも、もう一回したら力が抜けて、明日学校へ行けなくなってしまうわ……」

彼女が言うので、明日登校するつもりになっていることで一樹は安心した。

「じゃ、お口でして下さい……」

彼はバスタブのふちに腰を下ろし、美百合の顔の前で股を開いた。

美百合も顔を寄せ、両手で幹を包むように支えながら舌を這わせ、張り詰めた亀頭をしゃぶってくれた。

そしてスッポリと喉の奥まで呑み込むと、幹を締め付けてチュッと吸い、念入りにクチュクチュと舌をからめてくれた。

「ああ、気持ちいい……」

一樹もジワジワと絶頂を迫らせながら喘ぎ、唾液にまみれた幹を震わせた。

すると彼女も股間に熱い息を籠もらせて顔を前後させはじめ、スポスポと濡れた口で強烈な摩擦を開始してくれた。

一樹も急激に高まり、もう我慢せず全身で大きな快感を受け止め、たちまち昇り詰めてしまった。

「い、いく……！」

突き上がる絶頂の快感に口走ると同時に、ありったけの熱いザーメンがドクンドクンと勢いよくほとばしった。

「ク……、ンン……」

喉の奥を直撃された美百合が小さく呻き、それでも吸引と摩擦、舌の蠢きを続行してくれた。

「アア……」

一樹は美人教師の口に思い切り射精する感激と快感に浸って喘ぎ、心置きなく最後の一滴まで出し尽くしてしまった。

全身の硬直を解いて力を抜き、グッタリしながら荒い息遣いを繰り返すと、ようやく美百合も摩擦を止め、亀頭を含んだまま口に溜まったザーメンをゴクリと一息に飲み干してくれた。

「あう……」

喉が鳴ると同時に口腔《こうこう》がキュッと締まり、彼は駄目押しの快感に呻いた。

すると美百合もスポンと口を離し、なおも両手で幹を錐揉みにしごき、尿道口から滲む余りの雫までチロチロと舐め取ってくれたのだった。

「あうう、も、もういいです、有難うございました……」

一樹は腰をよじらせて呻き、ヒクヒクと過敏に幹を震わせながら降参した。

美百合も舌を引っ込めたので、彼は呼吸を整えながら、もう一度二人でシャワーを浴び、バスルームを出たのだった。

身体を拭いて身繕いをすると、もう外は暗くなり、五時半を回っていた。

「じゃ僕帰りますので、どうか今夜はゆっくりして下さいね」

「ええ、どうも有難う……」

言うと、美百合も答えた。

一樹が、あの四人から自分を助けてくれたのだと思い込んでいるのが心苦しいが、いずれ本当のことを言う機会もあるだろう。

「じゃまた明日」

彼は言い、美百合のハイツを出た。

そして急いで町を抜け、山への上り坂を急いで歩いた。

少々寮の門限に遅れても、用具室でのことを恵理香は知っているので理解してくれることだろう。

すると上から、ものすごい勢いで自転車が下りてきて、彼の前で急ブレーキを掛け、ザザッとターンして停まった。

見ると、セーラー服に黒髪をなびかせた恵理香ではないか。

「乗って。徒歩じゃ門限に間に合わないわ」

恵理香が言う。

どうやら規則にはとことん厳しい性格のようである。

「じゃ、僕が漕ぐから」

「無理、早く乗って」

言われて、一樹も急いでマウンテンバイクの荷台に跨がった。

「飛ばすから、シッカリ掴まって」

恵理香が言い、一樹が彼女の腹に両手を回すや否や、彼女は激しい勢いでスタートしたのだった。

5

（す、すごい……）

恵理香の背にしがみつきながら、一樹は坂道なのにあまりのスピードと彼女の脚力に舌を巻いた。

彼女は腰を浮かすでもなく、力強くペダルを踏みしめて走っていた。

電動自転車でもないのに、上り坂をこんな速さで走れるものなのだろうか。

しかも顔にかかる恵理香の黒髪が、甘く匂ってまた股間が妖しくなってきてしまった。

大部分は、剣道の稽古を終えた直後で甘ったるい汗の匂いなのだが、その刺激が否応なく股間に響いてくるのである。しかも彼女の腹に回した手に、逞しく引き締まった腹筋の弾力と躍動が伝わってきた。

とにかく一樹は、彼女の髪と背に頬を当て、振り落とされまいと必死にしがみついていた。

「美百合先生の匂いがする。したのね」

上りながら、恵理香が息も切らさずに言う。

シャワーを浴びたのに、まだ情事の残り香が感じられるのだろうか。

一樹は見破られたことよりも、恵理香の手柄で美百合が救われたのに、自分だけ良い思いをしたことが後ろめたかった。

「ご、ごめんよ……」

「何を謝るの。あの四人と違って、無理矢理でなく先生も合意だったのなら構わないでしょう」

恵理香が言い、たちまち坂を登り切ると校舎が見えてきた。あるいは、美百合の車より速いかも知れない。

やがて寮の前で急停車し、恵理香は自転車を停めた。

慌ただしさにフラつきながら降りると、一樹は彼女と一緒に寮に入った。

「すごい、恵理香。六時ジャストよ」

キッチンにいた翔子と沙弥が言い、他の二年生も夕食の仕度をしているところだった。

二人の口ぶりでは、どうやら一樹が美百合の家まで行っていたことを知っているのかも知れない。

それに勘の良い恵理香は美百合とだけでなく、彼が翔子や沙弥、みどりとまでしていることも察しているのではないか。

まあ合意なら良いという考えらしいし、少々恐くて取っつきにくいが、一樹は恵理香とも懇《ねんご》ろになりたいと思ってしまうのだった。

一樹は自室に戻り、何やら恵理香以上に疲れた気がしてベッドに座り込んだ。

今日も色々なことがあり、頭が追いついていかない感じである。

やがてジャージに着替えると夕食に呼ばれ、彼もキッチンに行って夕食を済ませた。

そして女子の入浴が一段落したので、彼も風呂に入り、多くの女子たちのミックスされた匂いの中で勃起しながら歯磨きし、身体を洗った。

ここへ来て、女子の匂いを感じるたび、何度でも無尽蔵に性欲が湧いてしまうようになったものだ。

部屋に戻り、特に予習の必要もないので彼は早めに寝ようと思った。

するとドアがノックされ、開けると恵理香が入ってきたのである。

まだ彼女はセーラー服のままなので、夕食は終えても入浴前らしい。

「美百合先生の様子はどうだった？　明日も来られそう？」

恵理香が椅子に座って言う。

生徒会長というだけでなく性格的に、やはり学園のことは何でも気に掛かるのだろう。

「うん、明日はちゃんと登校するって言っていた」

「そう、それならいい。美百合先生は東京の良い家のお嬢さん育ちだから、かなりショックだっただろうし、一樹に身体を許したのも、相当に不安定だったからだと思う」

「うん……、それより先生を助けたのは恵理香だって言った方が」

「そんなことはどうでもいい。それより、先生はちゃんと感じていた？」

恵理香が、さらに突っ込んだことを訊いてきた。

「あ、ああ、相当に……」

一樹は、美百合の絶頂反応を思い出しながら答えた。

同時に、目の前にいる恵理香にも言いようのない欲求を覚え、また股間が痛いほど突っ張ってきてしまった。

「そう、もしかしたら先生は、四人に犯されても感じたかも知れない」

「え……?」

「それほど、欲望を抑えて溜め込むタイプに思えるから。もちろん、あんな四人に良い思いはさせたくないので止めたが」

恵理香が、何でもお見通しのように言った。

「も、もし僕が、恵理香としたいと言ったら、させてくれる……?」

一樹は思い切って口にしてしまった。かつての自分なら考えられないが、ここでは誰とでも出来るような気がして、思わず正直な気持ちが口に出せるようになっていたのだ。

「先生としたのに、まだ足りないの?」

恵理香が、切れ長の眼で彼を見つめて言う。

足りないどころか、美百合の上にも下にも出したのに、新たな相手を前に彼自身は最大限に膨張していた。

「うん……」

「いいわ。もちろん誰とでもいいわけじゃなく、一樹ならいい」

「本当？」

彼は期待と興奮に身を乗り出し、ジャージの中でペニスが歓喜に震えた。

「じゃ急いでお風呂と歯磨きしてくるので」

恵理香が無表情に言って腰を浮かせたので、もちろん一樹は押しとどめた。

「今のままでいい」

「かなり汗かいてるわ」

「その方が興奮するので」

「臭いのが好きなの？」

「濃いのが好き」

懇願するように言うと、恵理香も諦めたように力を抜いて座り直した。

「いいわ、先に脱いで見せて」

言われて、一樹も手早くジャージ上下と下着を脱ぎ去り、全裸になるとベッドに仰向けに身を投げ出した。

激しく胸が高鳴って息が弾んだ。

何しろ彼が学園に来て、最初に出逢った女生徒で、その美しさに目を見張ったほどである。

その恵理香が立ち上がって移動し、ベッドの端に横座りになると彼の股間に熱い視線を注いできた。

「これが美百合先生と、翔子と沙弥とみどりに入ったのね」

恵理香がペニスを見下ろして言う。

「み、みんなから聞いてるの……？」

「聞かなくても分かる。翔子と沙弥は男好きだし、みどりは様子を見れば初体験をしたことぐらい一目で」

恵理香が言い、とうとうペニスに指を這わせてきた。

「ああ……」

微妙なタッチで幹に触れられ、彼は快感に喘いだ。

もちろん女性に慣れてきたとはいえ、まだまだ自分から触れるような図々しさはない。何しろ恵理香は一番恐くて美しいのだ。

恵理香は幹をやんわりと握って屈み込み、陰嚢に舌を這わせてきた。

長い黒髪がサラリと流れて股間を覆い、熱い息が内部に籠もった。

チロチロと滑らかに舌が蠢き、まるで精子の製造を促されるように二つの睾丸が転がされた。

やがて袋全体を舐め回すと、恵理香はペニスの裏側を舐め上げてきた。

愛撫というより、感触や硬度を確認しているかのように、冷徹な表情のままだった。

先端まで来ると、粘液の滲んだ尿道口を舌で探り、張り詰めた亀頭もくわえ、モグモグとたぐるように根元まで呑み込んでいった。

「く……」

チュッと吸い付かれると、一樹は身を反らせながら呻いた。

熱い鼻息が恥毛をくすぐり、口の中ではクチュクチュと満遍なく舌が絡み付き、たちまち彼自身は生温かな唾液にまみれて震えた。

股間を見ると、清楚なセーラー服の生徒会長が深々と含んで吸い付き、彼は自分だけ全裸なのがやけに気恥ずかしく、激しく高まった。

「ま、待って、いきそう。恵理香も脱いで……」

一樹が息を詰めて言うと、恵理香もチュパッと口を離して彼を見下ろした。

「お口でいくのは嫌?」

「い、嫌じゃないけど、出す前に、恵理香の裸も見たいし舐めたい……」

「脱いでしまうと、火が点いた私は激しいわよ。満足するまで止まらないけど、付いてこられる?」

恵理香が言い、初めてゾクリとするような凄味のある笑みを浮かべた。

「う、うん……」

一樹が答えると、恵理香はいったんベッドを下りた。

そして両の白いソックスを脱ぎ、スカーフを解いてセーラー服を脱ぎ去った。

濃紺のスカートを下ろし、ブラを外してショーツを脱ぐと、一糸まとわぬ姿になり、ベッドに横になってきた。

彼は入れ替わりに身を起こし、投げ出された恵理香の肢体を眺めた。

さすがに均整の取れた長身で、肩と二の腕は筋肉が発達し、さして豊かではないが形良く白い乳房は張りがありそうで、引き締まった腹には腹筋が浮かび、限りないバネと力を秘めた脚は長く、太腿は荒縄でもよじり合わせたような筋肉が窺えた。

(なんて逞しい……)

一樹は、うっとりと見惚れて嘆息した。アスリートというより、アマゾネスのようである。

一体どんな男が、恵理香の初体験の相手だったのだろう。

彼は充分に眺めてから、まずは最も逞しい恵理香の脚に移動して屈み込んでいった。

坂道も難なくペダルを漕ぎ、年中道場の床を踏みしめている足裏に舌を這わせると、やはり指は太く頑丈そうだった。

恵理香は身を投げ出したまま、黙ってじっとしていた。

なぜそんなところから舐めるのかという様子も見せず、ピクリとも反応しなかった。

逞しい指の間に鼻を押し付けて嗅ぐと、やはりそこは生ぬるい汗と脂にジットリ湿り、ムレムレの匂いが他の誰よりも濃く沁み付いていた。

やはり、いかに運動能力がずば抜けていても超人ではなく、動けば汗もかくし蒸れた匂いをさせる生身なのだと実感した。

一樹は両足とも充分に嗅いでから爪先にしゃぶり付き、全ての指の股に舌を割り込ませて湿り気を味わった。

それでも恵理香の反応はなく、じっと彼のすることに目を向けている。

何やら行動から、心の隅々まで分析されているようだった。

やがて彼は両脚とも味と匂いを貪り尽くすと、恵理香を大股開きにさせた。

そして脚の内側を舐め上げ、ムッチリと張りのある内腿を通過して、股間に迫っていったのだった。

第四章　二人がかりで弄ばれて

1

（わあ、すごい……）

一樹は、恵理香の股間を見て目を見張った。

何と割れ目から覗くクリトリスは、親指の先ほどもある大きなものだったのである。

光沢ある突起は幼児のペニスのようにツンと突き立ち、何やらこれが恵理香の強さの源のような気がした。

さらには尻の谷間の蕾も、レモンの先のように僅かに突き出た艶めかしい形状をしていた。これも年中武道で力んでいるせいなのだろうか。

とにかく清楚で颯爽とした学園一番の美形は、実に脱がせて見ないと分からない股間をしていた。

堪らずに顔を埋め込み、程よい範囲に茂る恥毛に鼻を擦りつけて嗅ぐと、やはり濃厚に蒸れた汗とオシッコの匂いが悩ましく沁み付き、噎せ返るほどに鼻腔を掻き回してきた。

一樹は何度も深呼吸するように、濃い匂いで胸を満たしながら割れ目を舐め回すと、酸味を含んだヌメリが溢れて舌の動きを滑らかにさせた。

差し入れて膣口の襞を掻き回し、大きなクリトリスまで舐め上げ、チュッと吸い付いても恵理香の反応はない。

執拗に舐めながら目を上げると、恵理香もじっとこちらを見つめて、やがて口を開いた。

「噛んで……」

言われて、大丈夫だろうかと思いつつ一樹がクリトリスを前歯で挟み、コリコリと軽く動かしはじめると、

「あう……、いい、もっと強く……」

初めて恵理香が顔を仰け反らせて喘ぎ、内腿でキュッときつく彼の顔を挟み付けてきた。

やはり年中過酷な稽古に明け暮れているせいか、ソフトタッチの愛撫よりも痛いぐらいの刺激の方が感じるのかも知れない。

次第に力を込めて歯の刺激を与えると、

「アア、いい気持ち……！」

恵理香も熱く喘ぎ、クネクネと身悶えはじめたのである。

愛撫しながら目を上げると、もう彼女も目を閉じ、形良い口を開いて熱く喘ぎ続けていた。

愛液の量も格段に増し、彼は濃い匂いに酔いしれながらヌメリをすすり、執拗にクリトリスを刺激してやった。

さらに彼女の両脚を浮かせ、尻の谷間に鼻を埋め、やや突き出たピンクの蕾に鼻を埋めて蒸れた匂いを嗅ぎ、舌を這わせて粘膜を探った。

「く……、もっと深く……」

恵理香が呻いて言い、キュッときつく肛門で舌先を締め付けた。

一樹も舌を潜り込ませ、淡く甘苦い粘膜を舐めながら、出し入れさせるように動かした。

前後を攻められ、彼女の日頃の冷徹さは影を潜め激しく身悶えはじめていた。

「い、入れて……」

やがて恵理香がせがみ、彼も脚を下ろして股間を進め、正常位で先端を割れ目に押し当てていった。充分過ぎるほど濡れている膣口に、張り詰めた亀頭をゆっくり潜り込ませていくと、いきなりチュッと彼自身は根元まで吸い込まれてしまったのだ。

どうなっているのか、こんな名器があるのだろうか。

まるでキャタピラーに巻き込まれたようにペニスが嵌まり込み、ピッタリと股間が密着した。

一樹は温もりと感触を味わいながら、脚を伸ばして身を重ねた。

そして屈み込んでピンクの乳首にチュッと吸い付き、舌で転がすと甘ったるく濃厚な汗の匂いが揺らめいた。

動かなくても、膣内の蠢動《しゅんどう》と吸引が繰り返され、彼自身を奥へ奥へと貪欲に呑み込むようだった。

ややもすれば、あまりの締め付けとヌメリで押し出されそうになるので、グッと股間を押し付けていなければならない。

両の乳首を味わい、顔中で張りと弾力ある膨らみを堪能してから、恵理香の腋の下にも鼻を埋め、生ぬるい濃厚な体臭でうっとりと胸を満たした。

「アア、突いて……」

恵理香が言い、両手を回して一樹にしがみつき、長い脚まで彼の腰に巻き付いてきた。

まるで真下から、巨大な女郎蜘蛛にでも捕捉されたかのようだ。

徐々に腰を突き動かしはじめると、締まりはきついが潤いが充分なので、次第に滑らかに律動できるようになっていった。

「ああ、いい……」

恵理香も喘ぎながら、下からズンズンと股間を突き上げ、動きを合わせはじめてきた。

動きながら、上からピッタリと唇を重ねると、すぐ彼女の方からヌルッと長い舌を侵入させてきた。彼も恵理香の熱い鼻息で鼻腔を湿らせながら、ネットリとからめ、生温かな唾液のヌメリと舌の蠢きを味わった。

すると膣内の収縮と潤いが増し、

「ああ……、いきそう……」

恵理香が口を離して喘いだ。

口から吐き出される熱い息を間近に嗅ぐと、それは甘酸っぱい濃厚なリンゴ臭だった。やはり同じ果実臭でも、翔子のイチゴ臭やみどりの桃臭とは微妙に異なっていた。

うっとりと嗅ぎながら、いつしか股間をぶつけるように突き動かすと、ピチャクチャと湿った摩擦音が淫らに響いた。

揺れてぶつかる陰嚢も生温かく濡れ、胸の下では乳房が心地よく弾み、恥毛が擦れ合い、さらにコリコリする恥骨の膨らみとともに大きなクリトリスの擦れる感触も伝わってきた。

火が点いたら止まらないなどと脅すようなことを言っていながら、恵理香はすぐにも果てそうなほどの高まりを見せているではないか。

しかし、その時である。

一瞬のうちに上下が入れ替わり、いつしか一樹が仰向けに、恵理香が上からのしかかっているではないか。

「え……?」

「もう止まらないわ。何度もいくので、最後まで我慢するのよ。いい?」

恵理香がきつい眼差しで近々と彼を見下ろし、果実臭の吐息で囁いた。

一樹も下から両手でしがみつき、彼女の重みと温もりを感じながら僅かに両膝を立てて尻を支え、股間を突き上げた。

溢れる愛液が互いの股間をビショビショにさせ、恵理香は特に感じるクリトリスを執拗に擦り、膣内にも感じる部分があるように、そこばかり先端を集中的に押し付けてきた。

そして恵理香は何度となく彼の顔中にキスの雨を降らせ、生温かな唾液でヌルヌルにしてくれ、さらに頬にもキュッと歯を立ててきたのである。

「あう……」

一樹は、甘美な刺激に声を上げた。

自分が噛まれるのが好きだから、人を噛むのも興奮するのだろう。もちろん歯形が付かないように加減しているが、両の頬や唇を噛まれると、何やら美しい牝獣に食われているような悦びに包まれた。

そして吐息の匂いとリズミカルな肉襞の摩擦、締め付けに危うくなりながら、彼は必死に奥歯を噛み締めて堪えた。

すると、ようやく恵理香がガクガクと狂おしい痙攣を開始した。

「い、いく……、気持ちいい……、アアーッ……!」

収縮を強めながら声を上ずらせ、どうやらオルガスムスに達したようだ。

しかし、まだ油断は出来ない。何しろ何度もいくと言っているのだから、彼はここで終わるわけにはいかない。

彼女は激しく身悶えながら息も絶えだえになり、いったんグッタリとなったがまだ小刻みな動きは続け、またガクガクと痙攣しはじめたのだ。

「アア……、いい……」

二度目の波を受け止めて喘ぎ、彼もいよいよ限界が近づいてきた。

「い、いきそう……」

「ダメ、もう少しだけ……」

情けない声で言うと、恵理香は彼の肩に腕を回してピッタリと肌の前面を密着させて答え、なおも執拗に腰を遣い続けた。

膣内の収縮と締め付け、摩擦と潤いで揉みくちゃにされながら、一樹は懸命に肛門を引き締めて嵐が過ぎるのを待った。

そして一樹がとうとう暴発し、ありったけの熱いザーメンがほとばしってしまうと、

「あう、いいわ、出して、いっぱい……！」

恵理香も三度目のオルガスムスが間に合ったように口走り、今までで最高に狂おしい痙攣を繰り返したのだった。

一樹も溶けてしまいそうな快感に身悶えながら股間を突き上げ、心ゆくまで出しきってしまった。もう出なくなっても、辛うじて勃起は継続しているので突き上げを続けると、

「アア……、良かった……」

ようやく恵理香も声を洩らし、強ばりを解いてグッタリともたれかかってきたのだった。まだ膣内の収縮が続き、彼も動きを止め、ヒクヒクと内部で過敏に幹を震わせた。

そして重みを受け止め、美しい恵理香の熱くかぐわしい吐息で胸を満たしながら、うっとりと快感の余韻に浸り込んでいったのだった。

2

「今日は金曜なので、授業を終えたら寮生たちは一斉に帰宅するわ」

朝食のとき、翔子が一樹に言った。では日曜の夜か月曜の朝までは静かになるのだろう。

やがて食事を終えて仕度を調《とと》のえると、寮生たちは順々に登校していった。

一樹も四階の教室に行ったが、圭吾たちは来ていないし、校門の中にはバイクも停まっていなかった。

やはり女教師のレイプ未遂という事態を引き起こし、それを阻止《そし》した恵理香に恐れをなしたのかも知れないが、まだまだ何か悪だくみをしているようで、一樹の心は落ち着かなかった。

もちろん美百合も来ていて、いつも通りにホームルームと授業をした。

やがて何事もなく一日が終わると、全ての教師や生徒たちが連休に顔を輝かせながら、それぞれの実家へと帰っていった。

美百合も、特に一樹との関係を意識した様子もなく下校した。

これで構内に残るのは地元、滝の浦の三羽ガラスや、学長とみどり母娘たちだけである。

今日はクラブ活動もないようで、一樹が寮へ戻ろうと校舎を出ると、そのとき三台のバイクがけたたましい爆音とともに入って来たのである。

ちょうど三羽ガラスも、校舎から出てきたところだった。

「おい、昨日の刀を返してくれ。親父の秘蔵のものだからな」

大柄な圭吾が、肩を揺すって恵理香の方へ近づいて言った。もちろん圭吾の後ろには、武、忠、稔の西遊記トリオもいる。

恵理香は無言で武道場の方へ行くと、翔子と沙弥も従い、少し遅れて恐る恐る一樹もついていった。

恵理香が武道場から刀を持って出てくると、圭吾は受け取り、

「傷つけたりしていねえだろうな」

言うなりスラリと抜き放って刀身をあらためた。

と、そこへ校舎から出て来たみどりが通りかかったのだ。

すると圭吾は反射的に駆け寄り、みどりを捕まえてその喉元に刃を突き付けたのである。

「あ……！」

一樹は驚いて立ちすくんだが、圭吾は不敵な笑みを洩らした。

「おい、生徒会長。この子を助けたかったらそこで全部脱げ」

彼が言うと、恵理香と翔子、沙弥が一斉にクスッと笑ったのだ。

「な、何がおかしいんだ」

圭吾が言うと、周りにいた腰巾着の三人組も呆気に取られていた。

「やれるものならやってみろ」

恵理香が笑みを含んで言い、翔子と沙弥も実にリラックスした表情で成り行きを眺めていた。

気色ばんだ圭吾が、さらにみどりの首筋に刃を押し当てようとすると、顔色一つ変えていないみどりの指が彼の手首を掴んでいた。

それはごく自然な動きだったが、

「い、いててて……！」

圭吾が火傷《やけど》でもしたように顔をしかめて呻き、難なくガラリと得物を落としたのである。

さらにみどりが身を捻《ひね》ると、大柄な圭吾はみどりの腕を中心に大きく弧を描き激しくコンクリートにたたきつけられていた。

「うぐ……！」

「な、なに……！」

圭吾が呻いて地に這うと、三人組が目を丸くして清楚な美少女を見た。

さらにみどりが圭吾の腕を捻り上げ、ゴキリと鈍い音がすると、

「ぐわーッ……！」

圭吾が絶叫し、肩から腕がおかしな方向へと捻られていた。

「あーあ、壊しちゃった。もう修復できないわね」

「本当に、姫は手加減を知らないから」

翔子と沙弥が嘆息して言うと、みどりは圭吾から離れ、落ちた鞘と刀を拾うと恵理香よりも素早く、手元も見ずにパチーンと納刀したのだった。

ようやく恵理香が進み、みどりから刀を受け取ると二人の方へ投げつけた。

「うわ……」

忠が辛うじて受け止め、両手で抱えた。

「早く医者に連れてゆけ。もう治らないだろうが、痛み止めぐらい打ってくれるだろう」

恵理香が睨み付けながら言うと、とうとう失神している圭吾に二人が駆け寄って引き起こし、武が圭吾を背負うようにしてバイクに跨がった。

そして忠は刀を腰のベルトに差し、稔も跨がってエンジンを掛けた。

やがて三台は、圭吾を落とさないよう注意深くスタートし、今までで一番静かにフラつきながら走り去っていったのだった。

（み、みどり……）

一樹は、自分が処女を奪った可憐な美少女の、凄まじい技を目の当たりにして立ちすくんだままだった。

と、そこへ恵理香のスマホが鳴り、彼女はすぐ確認した。

「みどり、学長が呼んでる。私も一緒に行くので」

恵理香が言うとみどりも頷き、二人は校舎に引き返していった。お揃いのセーラー服姿の二人は、まるで美しい姉妹のようだった。

「さあ、私たちは帰りましょうか」

翔子が言い、促された一樹も一緒に二人で寮へと戻ったのだった。

さすがに寮内はがらんとして、いるのは三人だけだった。

「き、君たちはみんな、あんなすごい技を持っているの……？」

「そんなことより、せっかく三人だけなのだから夜まで楽しみましょう」

翔子が言い、一樹を押しやりながら沙弥と一緒に彼の部屋に入ってきた。

そして二人がかりで彼の服を脱がせると、たちまち全裸にさせてしまったのである。

彼が呆然としてベッドに横たわると、二人もそれぞれブレザーやジャージを手早く脱ぎ去っていった。

たちまち三人が一糸まとわぬ姿になると、室内に二人分の女子の匂いが生ぬるく立ち籠めた。

「じっとしててね。二人で味わうことにしたから」

翔子が言ってベッドに上がり、沙弥と二人で左右から挟み付けてきた。

まだ混乱と戸惑いに一樹の頭と身体がついていかないが、混じり合った匂いだけで彼自身は期待と興奮でピンピンに突き立ちはじめていた。

すると二人は申し合わせたように同時に屈み込み、彼の左右の乳首にチュッと吸い付いてきたのである。

「あう……」

一樹は、ダブルの愛撫に呻き、ビクリと全身を硬直させた。

二人は、熱い息で肌をくすぐりながらチロチロと舌を這わせ、時に音を立てて強く吸い付いた。

「か、噛んで……」

くすぐったい感触に思わず言うと、二人も綺麗な歯並びで両の乳首をキュッと噛んでくれた。

「あう、気持ちいい、もっと強く……」

甘美な刺激に呻くと、さらに二人は咀嚼するようにキュッキュッと歯を立ててくれた。

男でも乳首が激しく感じることを知り、彼は刺激されるたびビクリと反応し、屹立したペニスを震わせた。

二人は充分に乳首を愛撫してから、徐々に肌を下降し、脇腹にも歯並びが食い込んできた。

「く……！」

一樹は、二人の美しい牝獣に食べられているような興奮に呻き、少しもじっとしていられずクネクネと身悶えた。

二人は日頃一樹がしているように股間を後回しにし、腰から脚を舐め下りていった。足首まで行くと、二人は一緒に足裏に回り、踵から土踏まずを舐め回し、同時に左右の爪先にしゃぶり付いて、指の股に順々に舌を割り込ませてきたのである。

「あう、いいよ、そんなことしなくて……」

一樹は、申し訳ない快感に呻いたが、二人は別に彼を感じさせるためというより、自分たちの意思で獲物を貪り、賞味しているだけのようだ。

両足とも、全ての指に舌が割り込むと、まるで生温かなヌカルミでも踏んでいるようだった。彼は唾液にまみれた指先で、それぞれの舌をキュッと挟み付け、何とも贅沢な快感を味わった。

両足ともしゃぶり尽くすと、二人は彼を大股開きにさせ、脚の内側を舐め上げてきた。

内腿にもキュッと歯が食い込み、彼はペニスに触れられる前に果ててしまいそうなほど高まってしまったのだった。

3

「すごい勃ってるわ。何度でも出来そう……」

股間に迫ると沙弥が言い、一樹は二人分の熱い視線と息を感じながらヒクヒクと幹を上下に震わせた。

すると翔子が彼の両脚を浮かせ、まず尻の谷間に舌を這わせてきたのだ。

沙弥も、尻の丸みを舐め回して歯を食い込ませた。

チロチロと翔子の舌が肛門を舐め回し、ヌルッと潜り込んだ。

「く……」

一樹は妖しい快感に呻き、モグモグと味わうように肛門で舌を締め付けた。

翔子が中で充分に舌を蠢かせてから引き離すと、すかさず沙弥が舐めて舌を潜り込ませた。

立て続けだと、二人の舌の微妙な感触や蠢きの違いが分かり、そのどちらにも彼は激しく高まった。

やがて二人の舌が交互に肛門を犯すと、ようやく脚が下ろされ、二人は頬を寄せ合いながら同時に陰嚢にしゃぶり付いてきた。

熱く混じり合った息が股間に籠もり、女同士の舌が触れ合っても二人は一向に気にならないように、それぞれの睾丸を転がし、袋全体を生温かなミックス唾液にまみれさせた。

そして、いよいよ二人の舌が、肉棒の裏側と側面をゆっくり舐め上げてきたのだ。

滑らかな舌が同時に先端まで来ると、二人は代わる代わる粘液の滲んだ尿道口をチロチロと舐め、張り詰めた亀頭にもしゃぶり付いてきた。

「ああ……」

一樹は快感に喘ぎながら、恐る恐る股間を見た。

何やら美しい姉妹が一本のバナナを同時に食べているような、あるいはレズのディープキスの間にペニスが割り込んでいるようだった。

さらに二人はスッポリと呑み込んで吸い付き、舌をからめながらスポンと引き離し、それが交互に繰り返されたのだ。

これも、二人の口腔の温もりや感触が微妙に異なり、いかにも二人がかりでされている実感が湧いた。

「い、いきそう……」

もう我慢できず彼は、警告を発するように口走ったが、二人は一向に強烈な摩擦運動を代わる代わる続行していた。

「あぁッ……！」

とうとう一樹は大きな絶頂の快感に喘ぎながら昇り詰め、熱い大量のザーメンをドクンドクンと勢いよくほとばしらせてしまった。

「ンン……」

ちょうど含んでいた翔子が呻き、すぐスポンと口を引き離すと、すぐに沙弥が含んで余りを吸い出してくれた。

「ああ……、すごい……」

チューッと吸引されると、まるで陰嚢から直にザーメンが吸い取られ、ペニスがストローと化したような快感に身悶えた。

魂まで吸い出されるような激しさに、たちまち彼は最後の一滴まで絞り尽くしてしまった。

「アア……」

彼が喘ぎ、グッタリと身を投げ出すと、沙弥も動きを止め、亀頭を含んだまま口に溜まったザーメンをゴクリと飲み込んだ。

「あう……」

嚥下《えんげ》とともに口腔がキュッと締まり、駄目押しの快感に彼は呻いた。

ようやく沙弥が口を離すと、さらに幹をしごいて余りを絞り出し、二人で尿道口に滲む雫まで舐め取ってくれた。もちろん翔子は、口に飛び込んだ濃厚な第一撃は飲み込んでいたのだろう。

「く……、も、もういい、有難う……」

一樹は腰をよじり、ヒクヒクと過敏に幹を震わせながら降参した。

やっと二人も顔を上げ、ヌラリと淫らに舌なめずりした。

「気持ち良かった？　でもこれからよ」

「どうすれば回復するのか言って。何でもしてあげるから」

二人に言われ、その言葉だけで彼はピクンと幹を震わせた。

「あ、足の裏を僕の顔に……」

「いいわ、若殿の顔を踏むのは気が引けるけど、してほしいなら」

余韻に浸る余裕もなく息を弾ませて言うと、二人は答え、すぐにも立ち上がってきた。

そして彼の顔の左右にスックと立ち、互いに身体を支え合いながら片方の足を浮かせ、同時に足裏を彼の顔に乗せてきたのである。

今日は三、四時限目は体育だったので、二人の足裏は生温かく湿り、指の股にはムレムレになった匂いが濃く沁み付いていた。

一樹はそれぞれの足裏を代わる代わる舐め、指の間に鼻を押し付けて汗と脂の湿り気を嗅いだ。

さらに交互に爪先をしゃぶりながら見上げると、運動部の逞しい二人が彼を見下ろしながら、からかうように指で鼻をコリコリと踏みつけている。

「すごいわ、もう勃ちはじめてる……」

翔子が、彼の股間を見下ろして言った。

確かに一樹も、二人分の味と匂いに興奮を高め、すっかり元の硬さと大きさを取り戻しはじめていた。

やはり二人が相手だと、回復力も倍加するようだ。

やがて足を交代してもらい、彼は全ての足指を貪り尽くした。

「顔に、しゃがんで……」

仰向けのまま言うと、

「いいわ、じゃ私からね」

翔子が言って彼の顔に跨がり、和式トイレスタイルでしゃがみ込んできた。

陸上部の長い脚がM字になり、白い内腿がムッチリと張り詰め、股間が彼の鼻先に迫った。

一樹は腰を抱き寄せ、柔らかな恥毛に鼻を埋め込み、蒸れた汗とオシッコの匂いを貪りながら舌を這わせた。

すでに膣口は生ぬるい愛液にヌラヌラと潤い、彼は匂いに噎せ返りながらクリトリスまで舐め上げていった。

「あん、いい気持ち……」

翔子が声を上げ、力が抜けてキュッと座り込みそうになるたび、彼の顔の左右で懸命に両足を踏ん張った。

すると沙弥が屈み込み、回復したペニスにしゃぶり付いてきたのだ。

もちろん果てた直後だから暴発の心配はなく、沙弥も硬度を確かめ、唾液に濡らすだけで強烈な摩擦はしなかった。

やがて彼は翔子の割れ目の味と匂いを堪能すると、尻の真下に潜り込んで谷間の蕾に鼻を埋めた。

蒸れた匂いを貪ると、顔中に弾力ある双丘が密着してきた。

舌を這わせてヌルッと潜り込ませると、

「あう……」

翔子が呻き、キュッときつく肛門で舌先を締め付けた。

一樹は滑らかな粘膜を探り、彼女の前も後ろも味わい尽くすと、

「交代して」

沙弥が言って割り込んできたので、翔子もノロノロと股間を引き離した。

しゃがみ込むと、やはり微妙に異なる形と匂いの割れ目が迫り、一樹は沙弥の恥毛にも鼻を埋めて嗅いだ。

やはり濃厚に蒸れた汗とオシッコの匂いが鼻腔を刺激し、彼は酔いしれながら舌を挿し入れた。こちらも充分過ぎるほど濡れ、膣口からクリトリスまで舐め上げると、

「アア……、いいわ……」

沙弥も熱く喘ぎ、遠慮なく割れ目を押し付けてきた。

一樹は充分に味わい、さらに沙弥の尻の真下に潜り込み、蕾に籠もる蒸れた匂いを嗅いで舌を這わせた。

そしてヌルッと潜り込ませると、翔子が彼の股間に跨がり、女上位でヌルヌルッと挿入していったのである。

「ああ、いい気持ち……」

翔子がピッタリと股間を密着させて座り込み、前にいる沙弥の背にもたれかかって喘いだ。

一樹も快感に包まれながら、必死に沙弥の肛門内部で舌を蠢かせた。

すぐにも翔子が、スクワットでもするように腰を上下させはじめた。

何とも滑らかな肉襞の摩擦に刺激されたが、一度射精しているので一樹も危うくならず、じっくりと温もりや感触を味わうことが出来た。

「す、すぐいっちゃう……、アアーッ……！」

たちまち翔子が声を上げ、彼の上でガクガクと狂おしいオルガスムスの痙攣を開始した。

彼も暴発することなく、硬度を保ったまま沙弥の前と後ろを味わい尽くした。

すると翔子が満足げに動きを止め、そろそろと彼の股間から離れたのだった。

4

「じゃ今度は私ね」

沙弥が言い、まだ翔子の愛液にまみれたペニスに跨がり、先端をあてがうと、滑らかに膣口に受け入れていったのだった。

「アア、いい……」

沙弥が股間を密着させて喘ぎ、キュッと締め上げてきた。

一樹も温もりと潤いに包まれながら、今度こそ激しく動かれたら漏らしてしまうだろうと思った。

沙弥は何度かグリグリと股間を擦り付けてから、身を重ねてきたので、彼も両手で抱き留め、膝を立てて尻を支えた。

そして潜り込むようにして乳首に吸い付くと、何と横で余韻に浸っていた翔子も、彼の口に乳房を割り込ませてきたのである。

どうやら、まだ舐めてもらっていない場所だから、対抗意識を燃やしたのかも知れない。

一樹も、二人分の乳首を順々に含んで舐め回し、顔中に柔らかな膨らみを受けて混じり合った体臭に噎せ返った。

「ああ、いい気持ち……」

翔子まで再び喘ぎはじめたので、何やらエンドレスで奉仕することになるのかも知れないと、一樹は少し不安になった。

それぞれの乳首と膨らみを味わい、さらに腋の下にも鼻を埋め込み、濃厚に甘ったるい汗の匂いで胸を満たしていると、沙弥が腰を遣いはじめた。

一樹も合わせてズンズンと股間を突き上げると、何とも心地よい摩擦が彼を高まらせた。

「すぐいきそうよ……」

沙弥が熱く囁き、上からピッタリと唇を重ねてきた。

すると、また翔子も唇を割り込ませてきたのである。

一樹は、二人分の唇を味わい、三人で鼻を突き合わせているので顔中が混じり合った熱い吐息に湿った。

舌を伸ばすと三人でヌラヌラとからめ合い、ミックスされた唾液がトロトロと彼の口に流れ込んだ。一樹はうっとりと味わい、小泡の多い二人分のシロップで喉を潤した。

「もっといっぱい飲ませて……」

せがむと、二人もたっぷりと唾液を口に溜め、順々にグジューッと彼の口に吐き出してくれた。

一樹は二人分の唾液を味わって飲み込み、甘美な悦びで胸を満たした。

なおも動き続けていると大量の愛液が溢れてクチュクチュと摩擦音が聞こえ、収縮が高まってきた。

「顔中舐めてヌルヌルにして……」

さらに彼が言うと、二人も顔中を舐め回してくれた。それは舐めるというより垂らした唾液を舌で塗り付ける感じである。

一樹は、翔子のイチゴ臭の吐息と、沙弥のシナモン臭で鼻腔を満たし、それに混じり合った唾液の匂いに激しく絶頂を迫らせた。

そして顔中を這い回る舌と唾液のヌメリに、とうとう昇り詰めてしまった。

「い、いく……、気持ちいい……！」

一樹が大きな快感に口走りながら、ありったけの熱いザーメンをドクンドクンと注入すると、

「あ、熱いわ……、アアーッ……！」

噴出を感じた途端に沙弥もオルガスムスのスイッチが入ったように声を上げ、ガクガクと狂おしい痙攣を開始した。

増した収縮と締め付けの中、彼は心ゆくまで快感を噛み締め、最後の一滴まで出し

尽くしていった。

「ああ……」

すっかり満足しながら声を洩らし、徐々に突き上げを弱めていくと、いつしか沙弥も力を抜いてグッタリともたれかかってきた。

一樹は重みと温もりを受け止め、また息づく膣内でヒクヒクと過敏に幹を跳ね上げた。

そして上からの沙弥と横からの翔子の、熱く混じり合った吐息を胸いっぱいに嗅ぎながら、うっとりと快感の余韻に浸り込んでいった。

「ああ、良かった……」

沙弥も満足げに声を洩らし、遠慮なく体重を預けてきた。

やがて三人で熱い息遣いを混じらせていたが、そろそろと沙弥が股間を引き離し、ゴロリと横になると、翔子が顔を寄せ、愛液とザーメンにまみれた亀頭にしゃぶり付いた。

「あう、もういいよ……」

一樹は腰をよじって呻いたが、翔子は念入りに舌を這わせ、ヌメリをすすって綺麗にしてくれたのだった。

「じゃお風呂に行きましょう……」

ようやく顔を上げた翔子が言い、沙弥も身を起こすと、一樹も起き上がって三人でバスルームへと移動した。

三人でシャワーを浴びて身体を洗い流すと、すぐにも一樹はムクムクと回復してきてしまった。

「ね、左右に立って」

一樹が床に座り込んで言うと、翔子と沙弥も立ち上がり、左右から彼の肩を跨ぎ、顔に股間を突き出してきた。

「オシッコかけて」

ゾクゾクと興奮を高めながら言うと、二人もためらわず、息を詰めて尿意を高めはじめてくれた。

左右それぞれの股間に顔を埋めると、もう大部分の匂いは薄れてしまったが、それでも舐めると新たな愛液に舌の動きがヌラヌラと滑らかになった。

「あう、出そうよ……」

「私もいっぱい出るわ……」

二人が言うなり、彼の両側からチョロチョロと熱い流れがほとばしってきた。

一樹は交互に顔を向けて舌に受け、匂いと味を堪能しながらうっとりと喉を潤した。

片方を受け止めている間は、もう一人の流れが心地よく肌に注がれた。

どちらも匂いは淡いものだが、二人分となると悩ましく鼻腔が刺激された。

やがて流れが治まると、彼は代わる代わる割れ目を舐めて余りの雫をすすり、残り香の中で舌を這い回らせた。

「ああ、もうダメ……」

二人は言って、ビクリと股間を引き離した。

そして三人で、もう一度シャワーを浴びて全身を流してからバスルームを出て身体を拭いた。

「また勃ってるけど、少し休憩ね。夕食にしましょう」

翔子が言い、三人はジャージを着込んでキッチンに行った。

それぞれ食材をチンして夕食をすると、少しの休憩で彼の期待と興奮はいよいよ高まってきた。

しかし、二人の表情は次第に真剣なものになってきたのである。

「そろそろね」

「ええ、そろそろだわ」

洗い物を終えた二人は言い合い、急いで歯磨きをした。

と、そこへスマホが鳴り、沙弥が出てすぐに切った。

「じゃ、行きましょうか」

「ど、どこへ……」

「戦場へ」

戸惑う一樹の手を引き、三人は玄関に行ってスニーカーを履き、寮を出た。

そして夜の学園に入っていったのである。

5

「あ、あれは……?」

校門から入ると同時に、一樹は校舎の裏手の方から、パーンと響く音を聞いて言った。

見ると焼却炉のあたりから。白い煙が立ち上っているではないか。

(花火? それとも狼煙《のろし》か……)

そう思ったが、さらに彼は校舎の玄関の上にある庇《ひさし》に、スーツ姿のかがりが立っているのを認めた。

「じゃ、若殿は学園長のいるあそこへ行って」

翔子に言われ、彼は要領を得ないまま校舎に入って二階に上がり、窓から庇に身を乗り出した。

翔子と沙弥は、そのままどこかへ行ってしまったようだ。

一樹が庇に出ると、かがりと一緒に、弓矢を持ったセーラー服姿の恵理香もいて、じっと校門の方を見つめていた。

「こ、これは、どういうことです……？」

一樹はかがりに訊いた。

「私たち、滝の浦の衆は昔から素破《すっぱ》だったの」

かがりも校門を見下ろしながら答えた。

「素破？　忍者のことですか……」

「そう、みな幼い頃から、命を落とすほどの過酷な訓練に明け暮れてきた。仕えている笠間家のために」

「笠間……、僕の家……？」

一樹は思い当たった。そういえば父が、我が家は昔から北関東にある大名だったと言っていたことがある。

それで父は、知己であるかがりに一樹を預けたのかも知れない。

では、若殿というのも、あながち的外れなニックネームではなかったようだ。

「でも、あんなレスラーみたいな大男の鴨江を、華奢なみどりが投げつけられるなんて……」

「十代後半が、最も瞬発力と運動能力が高まる時期なの。二十歳過ぎると年々衰えるわ。だから、ここにいる四人の娘たちは最強」

「そ、そうなんですか……」

一樹は、分かったような分からないような返事をした。

「今日、鴨江の一味が攻めてくるわ。恐らく校舎を焼き尽くして、滝の浦一帯までを自分のものにしようとするため」

かがりが言う。確か鴨江建設は、あくどい策略で土地を買収し、リゾートランドを計画しているようだ。

「一味は、全て犯罪者。強奪や暴力事件、レイプの数々。表立った証拠がないから今日まで生き延びてきたけど、今宵こそ一網打尽に」

かがりが身じろぎもせず言った。

それで、あえてかがりは圭吾や、その子分の三人を編入させたのだろう。

風下にいても、かがりからは何の匂いも感じられないのは、忍者が戦いに臨むとき全ての匂いを消すと言われているからなのだろう。

東から満月が昇りはじめ、校門内は何個かの灯りが点いていた。

見下ろしても、翔子や沙弥、みどりの姿は見えない。

「滝の浦というのは……？」

「女ばかりの隠れ里、数年に一回男を呼んで子種をもらう。それまでは、張り型で挿入の訓練をするの」

かがりの言葉で、一樹は少し納得した。

みな、人工物の張り型に処女を捧げていたようだ。だから作り物は射精しないので、彼と交わり、ザーメンの噴出を奥に感じた途端にオルガスムスに達したのだろう。

してみると、みどりが彼との初体験で僅かながら出血したのは、細めの張り型を使っていたからかも知れない。そして噴出を感じ、オルガスムスらしきものを得たのだろう。

「れ、連中を殺すんですか……？」

「もちろん。生きていても人に迷惑をかけるだけ。殺してやり、人の役に立つ馬か牛に生まれ変わらせる」

「そんな……」

一樹は絶句した。大量の殺人を犯したら、只では済まないだろう。

だが、あとの処理も何か手立てがあるのかも知れない。

「来たわ」

かがりが言うと、恵理香が矢をつがえた。

どうやら圭吾を怪我させたことも含め、かがりは一派をおびき出す準備を周到にしてきたようだった。

見ると、ダンプが二台、勢いよく校門から入ってきて停まった。

そして荷台に乗っていた連中が、手に手に刀や猟銃を持って飛び降り、運転席からも降りてきた。

一人は太った大男で、横には肩から白布で腕を吊った圭吾もいた。これが鴨江親子のようだ。もちろん武に忠、稔の三人も匕首《あいくち》やヌンチャクを持って肩を並べていた。

誰もが凶悪そうな顔つきをし、総勢、五十人というところだろうか。

金曜の夜で、一般生徒がいないことも承知しているか、あるいはかがりが巧みに情報を流しておびき寄せたのかも知れない。

「出てこい！　学長！」

圭吾の父親、圭太郎が怒鳴りつけた。

「ここにいるわ」

するとかがりが庇の前に立って答えた。

「下りてこい！　息子をこんな身体にしやがって！」

「案ずることはない。どうせ間もなく死ぬ」

「何だと！」

圭太郎が言うと、猟銃を持った数人が前に出て構えた。

「猟銃は五人、あとは拳銃と刃物」

「ええ」

かがりが言うと、承知しているという風に恵理香が答えて矢を構えた。

狙いを定め、ピュッと放つと同時に恵理香は次の矢をつがえた。

「うぐ……！」

猟銃を構えた男が、喉を貫かれて呻き、膝を突いて倒れた。

さらに、二の矢、三の矢が放たれ、猟銃を持った男の喉や胸に次々と突き刺さった。

「ち、畜生！　かかれ！」

圭太郎が目を丸くして言うなり、連中が鞘を払って校舎に迫ってきた。

恵理香は素早く矢を射て、十人ばかり倒してから矢が尽きたので、木刀を手にした。

「では」

恵理香がかがりに頷きかけると、庇から跳躍した。

（うわ……！）

見ていた一樹は身をすくめ、心の中で悲鳴を上げた。

人が矢で死んでいくなど見るのも初めてだし、少人数で五十人を相手にするという状況が信じられなかった。

膝のクッションでヒラリと着地した恵理香が、連中の正面に立つと、目にも留まらぬ速さで木刀を振るい、連中の頭蓋や肋骨を粉砕していった。

さらにジャージ姿の翔子と沙弥も左右から飛び出し、無駄のない動きで乱戦に加わったのだ。

その強いこと。沙弥はバク転を連続させて移動しては手刀や蹴りを連中にめり込ませ、スプリンターの翔子は棒術、素早く迫っては容赦ない攻撃を縦横無尽に繰り返した。

男たちの悲鳴や怒号が入り交じり、すでに三分の一ばかりが地に伏して動かなくなっているではないか。

すでに猟銃を持ったものは、一発も放てないまま絶命し、他の連中も猟銃を拾う余裕もなく、たった三人の女子高生の容赦ない攻撃に右往左往するばかりであった。

「ぶぎーッ……！」

盲滅法に匕首を振り回していた武が、恵理香の木刀で顔面を砕かれ、豚のような悲鳴を上げて肥満体を倒した。忠も沙弥の蹴りを水月に受け、猿顔に白目を剥いて悶絶、河童顔の稔は翔子の棒で頭蓋骨を叩き割られ、目玉を飛び出させて倒れた。

と、そこへセーラー服姿のみどりも悠然と姿を現した。

薄暗い中に、恵理子と同じ可憐な白い長袖のセーラー服は実に目立って場違いだった。

これなら人質に出来ると、圭吾と同じ考えを持った圭太郎がみどりの髪を鷲掴みにし、その口に拳銃を突っ込んだ。

「おい、学長。これでも下りてこねえか！」

「お、親父、その女は……」

圭太郎が言うと、腕を吊った圭吾が心配げに声を掛けたが、彼は気にも掛けなかった。

「お嬢ちゃん、助かりたかったら俺のチンコをしゃぶってみるか」

圭太郎が下卑た笑みを浮かべて言うなり、みどりの素早い膝蹴りが股間にめり込んだ。

「う……、こ、この女……！」

睾丸を潰され、圭太郎は憤怒で顔を真っ赤にしながら呻いた。そしてみどりの口から離れ、唾液に濡れた銃身を彼女に向けて引き金を引いたのだ。

元より、多くの部下が殺されているのだから、撃つことにためらいはなかったが、正面にいるみどりも涼しい顔で逃げようともしなかった。

すると、轟音が響くと同時に銃身が破裂し、折れた撃鉄が圭太郎の片目に突き刺さったのだ。

「うがーッ……！」

圭太郎は拳銃を取り落とし、両手で顔を覆って奇声を発し、両膝を突いてうずくまった。

「ち、畜生……！」

圭吾は、左手に持った日本刀を振り上げてみどりに襲いかかった。

その攻撃を紙一重で躱《かわ》したみどりは、同じように圭吾の股間を渾身の力で蹴上げていた。

「むぐ……！」

圭吾は呻いて硬直し、巨体を丸めて崩れていった。

「もう拳銃も刀もいない。一人も逃がすな！」

恵理香が凛とした声を張り上げ、手近な男の頭を木刀で叩き割った。

翔子と沙弥、みどりも残党を狩り、逃げだすものの首筋や背にも容赦ない攻撃が繰り返されたのだった。

第五章　美熟女の巨乳は息づき

1

「さあ、そろそろ下りましょうか」

かがりが言い、いきなり一樹を横抱きにするなり、ためらいなく無造作に庇から宙に身を躍らせたのである。

「ひい……！」

一樹は悲鳴を上げてしがみついたが、すぐにかがりは地に降り立ち、そっと彼の足を地に着けてくれた。フラつきながら彼も辛うじて自分で立ったし、一瞬のことだったのでかがりの巨乳など味わう暇もなかった。

見回すと、すでに連中の全てが地に転がっていた。

恵理香も翔子も、血の付いた木刀や棒を拭っているし、沙弥もみどりも息一つ切らさず返り血も浴びず、髪や服装にも乱れはなかった。

と、そこへ集団が校門から乗り込んできた。

みな柿色の作務衣、というより忍者スタイルで覆面を被っているが、胸の膨らみから女性ばかりと分かる。

どうやら狼煙の合図で集まった、滝の浦の衆らしい。

かがりが腕を一振りするなり、連中は鴨江一派の骸をダンプの荷台へと次々に放り込んだ。

そして運転席に乗り込むと発車し、荷台は校門を出て、町ではなくさらに山奥へと走り去っていった。

残る面々は落ちた刃物や拳銃を回収し、たちまちのうちに何事もなかったように片付けてしまったのである。

「今夜は雨が降る。血まで拭かなくて良い」

かがりが言うと、一同は一礼し、また音もなく駆け足で校門から出ていったのだった。

「では、私たちも寮に戻りますね」

恵理香が言うと、翔子や沙弥、みどりも校門に向かった。

「一樹さんは残って」

かがりが言い、彼は彼女とともに校舎に入った。

恵理香が校門の鉄柵を閉めて四人で寮へ戻り、かがりは庭の灯りを全て消し、一樹を当直室へ招いた。

中は和室で布団が敷かれ、バストイレもあるようだ。

かがりは座布団に座り、茶を淹れてくれた。

「あのダンプは、どこへ？」

「谷底で燃やすわ。深夜に勝手に山を検分に来たところ、二台ともスリップして転落、炎上したことにするの。完全に焼けば、矢傷も木刀の傷も判別できなくなるし、それに警察も味方だから」

あとで聞くと、かがりは市警や県警でかつて武道教官をしていたらしい。

「では、鴨江建設は……」

「僅かに残った普通の事務員たちが、閉鎖の手続きをすることでしょう。事務員も帰った金曜の夜で、連中がここへ来たことは誰も知らないはずだわ」

かがりは言い、二人で茶をすすった。

「みどりを撃った拳銃が破裂したのは……？」

「噛んでたガムを銃口に詰め込んで、胃から逆流させた粘液や痰でコーティングしたのでしょう」

訊くと、何事もないようにかがりが答え、一樹は美少女の粘液を思って股間を疼かせてしまった。

やがて、かがりが言った通り、外から雨音が聞こえてきた。

そして彼女は立ち上がってスーツを脱ぎはじめたのだ。

ブラウスを脱ぐと、巨乳を押しつぶすように白い晒しがきつく巻かれていた。

「こうすると、汗をかかずに済むのよ」

かがりは言い、晒しを解いていった。

するとメロンほどもある巨乳が露わになり、同時に生ぬるく甘ったるい匂いが立ち籠めはじめた。

「さあ、一樹さんも脱いで。皆が気に入ったあなたを味見したいの。それとも、四十近い小母さんは嫌？」

「い、嫌じゃないです……」

言われて、すぐにも彼はジャージ上下を脱ぎはじめた。

合戦めいた死闘を見たことで全身汗ばんでいるが、構わないだろう。ましてさっきは寮で、三度目をやり損なっているので、気持ちが切り替わったように勃起しはじめていた。

かがりはストッキングもショーツも脱ぎ、たちまち一糸まとわぬ姿で布団に横たわった。

もう戦いが済み、無臭でいる必要がなくなったように、彼女からは熟れた体臭が漂いはじめていた。

一樹も全て脱ぎ去り、吸い寄せられるようにかがりに迫っていった。

「いいわ、何でも好きなように」

彼女が身を投げ出して言い、一樹は最も目を惹く巨乳に顔を寄せていった。

チュッと乳首に吸い付いて舌で転がし、目の前いっぱいに広がる豊かな膨らみに顔中を押し付けて感触を味わった。

まさかここへ来て、母娘の両方を味わえるなど夢にも思わなかったものだ。

もう片方も指で探りながら充分に吸い付き、両方とも含んで舐め回した。

「ああ、いい気持ちよ……」

かがりがうっとりと喘ぎ、優しく彼の髪を撫でてくれた。

一樹は左右の乳首を味わうと、彼女の腕を差し上げて腋の下に鼻を埋め込んでいった。

何と、そこには生ぬるく湿った腋毛が煙っているではないか。

恥毛に似た感触を味わいながら嗅ぐと、今こそ本来の体臭が解放されたか、甘ったるいミルクのように濃厚な汗の匂いが馥郁と鼻腔を刺激してきた。

「いい匂い……」

「あう」

嗅ぎながら思わず言うと、かがりは小さく呻き、キュッと腋で彼の顔を抱え込んだ。日頃無臭でいるからか、匂いのことを言われるのが恥ずかしいのかも知れない。

かがりは女忍者たちの頭目らしいが、羞恥を失わない女らしさも持っているのだろう。

してみると、みどりは頭目の後継者で、恵理香は武術指南、沙弥と翔子も、里では上位の手練《てだ》れのようだった。

やがて彼は美熟女の体臭で胸を満たしてから、白く滑らかな熟れ肌を舐め下りていった。

四方から均等に肌の張り詰めた臍は形良く、舌で探ってから張りのある下腹に顔を押し付けて弾力を味わった。

もちろん性急に股間に向かうことはせず、豊満な腰の丸みから脚を舐め下りていった。

二十歳過ぎてから衰えるなどと言っていたが、この脚にも限りない力とバネが秘められているのだろう。

丸い膝小僧から脛へ下りると、何とそこにもまばらな体毛があり、何とも野趣溢れる魅力が感じられた。

まるで昭和時代の美女のようで、かがりは何のケアもせず、ありのままでいるのだろう。

舌を這わせて足首まで下り、足裏に回り込んで舐め回しても、かがりは拒まずじっとされるまま身を投げ出してくれていた。

形良く揃った指の間に鼻を押し付けて嗅ぐと、やはりそこは汗と脂にジットリ湿り、蒸れた匂いが濃く沁み付いていた。

いかに娘たちの腕を信じていても、やはり見ている身としては気が気でなく汗ばんでいたに違いなかった。

一樹はムレムレの匂いを貪ってから爪先にしゃぶり付き、順々に指の股に舌を割り込ませて味わった。

「アア、くすぐったくていい気持ち……」

かがりは熱く喘ぎ、唾液に濡れた指先を蠢かせた。

彼は両足とも全ての指の味と匂いを貪り、やがて股を開かせて脚の内側を舐め上げていった。

恵理香のような筋肉は窺えず、どこも女らしい丸みを帯びて、程よい脂肪で必殺の技を覆い隠しているようだ。

白くムッチリと量感ある内腿を舐め上げ、熱気と湿り気の籠もる股間に迫って目を凝らした。

ふっくらした丘には、黒々と艶のある恥毛が茂り、丸みを帯びた割れ目からはピンクの花びらがはみ出していた。そっと指を当てて左右に広げると、柔肉はヌラヌラと潤い、かつてみどりが生まれ出てきた膣口も、襞を入り組ませて妖しく息づいていた。

クリトリスは小指の先ほどの大きさで真珠色の光沢を放ち、愛撫を待つようにツンと突き立っている。

一樹は、自分の知る女性たちの中で最年長の割れ目を充分に眺めてから、ギュッと顔を埋め込んでいった。

柔らかな恥毛に鼻を擦りつけて嗅ぐと、隅々には腋に似た甘ったるい汗の匂いが生ぬるく蒸れて籠もり、それにほんのりした残尿臭の刺激も鼻腔をくすぐってきた。

一樹は大人の匂いを貪りながら舌を挿し入れ、淡い酸味のヌメリを掻き回し、息づく膣口からクリトリスまで舐め上げていった。

2

「アア、いい気持ち……」

かがりがうっとりと喘ぎ、量感ある内腿でキュッと一樹の両頬を挟み付けてきた。彼も豊満な腰を抱えながらチロチロと弾くようにクリトリスを舐め、悩ましい匂いに酔いしれた。

さらに彼女の両脚を浮かせ、実に豊かな尻の谷間に顔を埋め込んでいった。

薄桃色の可憐な蕾に鼻を押し付けて蒸れた匂いを貪り、舌を這わせて細かな襞を濡らし、ヌルッと潜り込ませて滑らかな粘膜を味わった。

「あう……」

かがりが呻き、モグモグと味わうように肛門で舌先を締め付けた。

一樹は舌を蠢かせてから、彼女の脚を下ろし、再び愛液が大洪水になっている割れ目を舐め回し、クリトリスに吸い付いた。

「ああ、もういいわ、今度は私が」

かがりが息を弾ませて言い、身を起こしてきた。彼も股間を離れ、入れ替わりに仰向けになっていった。

するとかがりは彼を大股開きにさせて腹這い、両脚を浮かせると、何やら彼は綺麗なママにオシメでも替えてもらうような気がした。

そしてかがりは、彼の尻の谷間を舐め回してくれたのだ。

熱い鼻息が陰嚢をくすぐり、チロチロと肛門に舌が這い回ると、自分がされたようにヌルッと侵入してきた。

「く……、気持ちいい……」

一樹は妖しい快感に喘ぎ、キュッと肛門でかがりの舌を締め付けた。

彼女の舌は長く、他の誰よりも奥まで潜り込んで蠢き、さらに出し入れされると何やら舌で犯されているような気になった。

ようやく脚が下ろされると舌が引き離され、すぐかがりは陰嚢にしゃぶり付いてきた。

二つの睾丸を舌で転がし、袋全体を生温かな唾液にまみれさせてから、さらに彼女は前進し、ペニスの裏側をゆっくり賞味するように舐め上げた。

滑らかな舌が先端に達すると、かがりは指で幹を支え、粘液の滲む尿道口をチロチ口と舐め、いったん口を離すと身を乗り出し、巨乳の谷間に挟んで両側から揉んでくれた。

「アア……」

一樹はパイズリに身悶え、肌の温もりと膨らみの弾力に喘いだ。

かがりは充分に巨乳の谷間で愛撫してから、やがて再び屈み込み、張り詰めた亀頭をくわえると、スッポリと喉の奥まで呑み込んでいった。

「ああ、いい……」

一樹は快感に喘ぎ、温かく濡れた美熟女の口の中で幹をヒクつかせた。

深々と含んだかがりは幹を締め付けて吸い、熱い鼻息で恥毛をそよがせながら口の中では長い舌をクチュクチュと巧みに蠢かせてきた。

たちまち彼自身は生温かな唾液にどっぷりと浸り、快感に任せてズンズンと股間を突き上げると、

「ンン……」

かがりも小さく鼻を鳴らし、顔を上下させスポスポとリズミカルで強烈な摩擦を開始してくれた。

さすがに、舌遣いに吸引と摩擦は他の誰よりも巧みで、たちまち一樹は絶頂を迫ら

せてしまった。

「い、いきそう……」

口走ると、かがりがスポンと口を離して顔を上げた。

「じゃ上から入れるわね」

彼女は一樹の好みなど承知しているように言うなり、身を起こして前進し、彼の股間に跨がってきた。

幹に指を添えて先端に割れ目を押し当て、位置を定めると息を詰め、若いペニスを味わうようにゆっくり腰を沈み込ませていった。

たちまち彼自身はヌルヌルッと滑らかに根元まで呑み込まれ、彼女もピッタリと股間を密着させてきた。

「ああ、いいわ、奥まで感じる……」

かがりが顔を仰け反らせ、巨乳を揺すって喘いだ。

一樹も心地よい肉襞の摩擦と温もり、潤いと締め付けに包まれながら懸命に暴発を堪えた。

彼女は何度かグリグリと股間を擦り付け、感触を味わうようにキュッキュッと締め付けていたが、やがて覆いかぶさって身を重ねた。

一樹も両手を回してしがみつき、両膝を立てて豊満な尻を支えた。

胸に巨乳が押し付けられて心地よく弾み、かがりが上からピッタリと唇を重ねてきた。

彼女の舌がヌルリと潜り込むと、一樹も歯を開いて受け入れた。長い舌は一樹の口の中を慈しむように舐め回し、熱い鼻息が彼の鼻腔を湿らせた。

かがりは彼の性癖などお見通しのように、舌をからめながら生温かな唾液をトロトロと注ぎ込んでくれた。

一樹は小泡の多い唾液を味わい、うっとりと喉を潤し、甘美な悦びで胸を満たした。

やがて彼女が徐々に腰を遣いはじめると、一樹も股間を突き上げ、互いの動きがリズミカルに一致しはじめた。大量の愛液で動きが滑らかになり、クチュクチュと湿った摩擦音も聞こえてきた。

「アア、いい気持ち、いきそうよ……」

かがりが口を離し、唾液の糸を引きながら近々と熱く囁いた。

美熟女の吐息は白粉《おしろい》に似た甘い刺激を含み、悩ましく鼻腔を掻き回してきた。

一樹は高まりながらかがりの口に鼻を押し込み、かぐわしい息を嗅いで胸を満たし、フィニッシュに向けてズンズンと勢いよく股間を突き上げた。

「あう、いっちゃう……！」

するとかがりが呻き、ガクガクと狂おしい痙攣を開始したのだ。

その収縮に巻き込まれ、彼も続いて激しく昇り詰めてしまった。

「いく……、気持ちいい……！」

一樹は快感に貫かれて口走り、ありったけの熱いザーメンをドクンドクンと勢いよくほとばしらせた。

「アア、もっと出して……」

奥深くを直撃されたかがりが、駄目押しの快感に喘いで締め付けを強めた。

一樹は快感を噛み締め、心置きなく最後の一滴まで出し尽くし、すっかり満足しながら徐々に突き上げを弱めていった。

かがりも徐々に熟れ肌の強ばりを解き、グッタリと力を抜いて彼にもたれかかってきた。

互いの動きが完全に停まっても、まだ膣内は名残惜しげにキュッキュッと収縮し、刺激されたペニスがヒクヒクと膣内で過敏に跳ね上がった。

「あう、もう暴れないで……」

かがりも敏感になっているように呻き、幹の震えを押さえるようにキュッときつく締め上げた。

一樹は美熟女の重みと温もりを全身に感じ、かがりの吐き出すかぐわしい白粉臭の吐息を嗅いで胸を満たしながら、うっとりと快感の余韻に浸り込んでいったのだった。

重なったまま呼吸を整えていると、ヌメリと締め付けでペニスが押し出され、とうとうツルッと抜け落ちてしまった。

「ああ、離れちゃったわ。じゃシャワー浴びましょうね」

かがりが囁き、そろそろと身を起こしていった。

一樹もベッドを下り、一緒にバスルームに入ると、さすがに寮と違って狭く、バスタブとトイレが一体となっていた。

そこで二人はバスタブに一緒に入ってシャワーを浴び、股間を洗い流した。

もちろん一樹は、バスルームとなると例のものを欲してしまった。

「ね、オシッコ出して」

バスタブの中に座り込んで甘えるように言うと、かがりは驚きもせず、すぐバスタブのふちに乗って跨ぐと、しゃがみ込んで脚をM字にさせ、彼の顔に股間を迫らせてくれた。

あるいは忍者の頭目ともなると、彼が誰と何をしていたかなど全て知り尽くしているのではないだろうか。

とにかく大股開きになった股間に顔を寄せ、すっかり匂いの薄れた割れ目に鼻と口を当てて舌を這わせると、すぐにも柔肉が蠢き、味わいと温もりが変化してきた。

「いい？　出るわ……」

かがりが息を詰めて言うなり、すぐにもチョロチョロと熱い流れがほとばしってきた。

一樹はそれを口に受けて味わい、喉に流し込んだ。味も匂いも淡く控えめで、抵抗なく飲み込むことが出来た。

それでも、あまり溜まっていなかったか、一瞬勢いが増したが、すぐに衰えて流れは治まってしまった。

一樹は残り香の中で余りの雫をすすり、舌を這わせてヌメリを味わった。

「さあ、もう終わりよ」

かがりが言って足を下ろし、もう一度二人でシャワーを浴びた。

そして身体を拭いて部屋に戻ると、もう一度したかったが彼女はすぐ身繕いを始めてしまった。

どうやら、まだ事後処理が残っているようだ。

仕方なく、というより今日も多くのことがありすぎたので、彼も服を着て一緒に部屋を出た。

「傘を持っていくといいわ」

「はい、じゃおやすみなさい」

玄関で傘を渡してくれ、彼も一礼した。かがりは学長室に入り、一樹は靴を履いて外に出た。

まだ雨は降っていて、彼は傘を差して校門を出ると、隣接した寮へ向かった。

そのとき、山の向こうでドドーンと音がし、驚いて見ると火と白煙が立ち上っていた。

どうやら里の衆が、雨足が強くなるのを待ってからスリップを偽装し、二台のダンプを崖から落として火を点けたのだろう。

それを見てから、やがて一樹は寮へと戻っていったのだった。

3

「今日は私たちも滝の浦へ帰るわ。明日の朝戻るので」

朝食のとき、翔子が一樹に言った。

他に、沙弥と恵理香、みどりも揃っている。

どうやらかがりも一緒に行くらしく、今日一日は学園も寮も一樹一人きりになってしまうらしい。恐らく皆はダンプ事故の様子を見にゆき、必要なら通報するのだろう。

「僕も行ってはいけないのかな。みんなの故郷の里を見たいし」

「残念ながら男子禁制なの。男が入れるのは、娘たちが子種をもらう数年に一度の祭礼の時だけ」

「それに、道なき道の過酷な行程よ」

言われて、一樹も仕方なく留守番することにした。

幸い、朝には雨も上がっていて朝日が射している。

やがて朝食を済ませると洗い物を終え、四人は身軽なジャージ姿になって寮を出ていってしまった。

今日明日は連休だし、一樹も部屋に戻って二度寝をし、また昼近くに起き出して顔を洗った。

ここへ来て、不思議にも一回もオナニーしていないので、今日は一人でじっくり抜こうと思った。

そこで一樹はオナニーの準備をする前に、軽く昼食の仕度をしてテレビを点けてみた。

すると昼のニュースで、山間の事故のことが報道されていたのだ。

『昨夜遅く、筑波山麓《さんろく》の森の中で、炎上する二台のダンプが発見されました。ダンプは市内にある鴨江建設のもので、運転席と荷台に、総勢五十人の焼死体が発見。山道にはスリップ痕があり、山の視察に来たとき誤って相次いで崖から転落し、ガソリンに引火したものと思われます。鴨江建設は以前から山中に廃材の不法投棄などを行い、住民とトラブルが絶えず、今回も深夜に山の買収の調査に赴いたと思われ、社の事務員から聴取したところ、死亡者は社長の鴨江圭太郎氏、四十五歳、息子の圭吾氏、十八歳、社員の八代……』

アナウンサーの声とともに死亡者の氏名が流れ、やはり全員が死亡し、事故という以外不審はなかったようだと一樹も納得した。

やがて一樹はテレビを消し、昼食を終えて洗い物を済ませた。

とにかく、これから一人でオナニーだ。昼間に抜いて、夜の寝しなにもう一回すれば良いだろう。

一樹は歯磨きとトイレを済ませてから、オカズを探すことにした。

しかし残念ながら洗濯機は空で、朝早くに洗濯を終えて皆の下着は外に干してある。

彼は階下の各部屋にこっそり入り、女子たちの匂いの沁み付いた枕を嗅いでムクムクと勃起した。

さらに二階に行き、何部屋もある二年生の部屋に忍び込んでしまった。

もちろん下着などは放置されておらず、どこも整頓されているので、嗅ぐといったらやはり枕ぐらいのものだ。

それでも彼は、女子たちの枕に沁み付いた汗や髪、涎《よだれ》の匂いに激しく胸を高鳴らせた。

しかし、その時である。

二階の窓から、一台の車が校門に入っていくのが見えた。

それは美百合の車である。停車すると、思った通り美百合が降りてきて、校舎の玄関に行ったが閉まっているので、少し考え、すぐこちらの寮へと小走りに向かってきたのだった。

一樹は、女子の部屋を見回し、触れた痕跡がないか確認してから急いで階段を下り、寮の玄関を開けた。

すると、ちょうど美百合が息を切らして来たところだった。

「先生、どうしたんですか」

「ああ、笠間君でもいてくれて良かったわ」

言うと、美百合がほっとして息を弾ませた。

「とにかく上がって下さい。学園には誰もいないし、寮も今日は僕一人きりですので」

招き入れると、美百合も靴を脱いで上がってきた。

リビングの椅子に座らせ、茶を淹れてやった。やはりオナニーなどより、生身の方がずっと良い。一樹は美百合が来てくれた幸運を思い、さらに激しく勃起していった。

慌ててきたらしく、美百合も茶をすすってようやく落ち着いたようだ。

「ニュースを見たので、驚いて来てみたの。学園長に話を聞こうと思って」

「ええ、僕も見ました。どうやらボスの鴨江圭吾と、あの不良の三人は全員死んだようですね」

「やっぱり、本当のことなのね……」

彼が言うと、美百合はメガネの奥の目を悲しそうに伏せて答えた。どんな不良でも、一度は教え子になったのだし、しかも四人まとめてとなると相当にショックだったのだろう。

自分をレイプしようとした四人なのに、なんて美百合は優しいのだろうと一樹は思った。

　もっとも一樹の知る女性たちの中で唯一、美百合だけがごく平凡な生い立ちをしてきた普通の女性なのである。

　だから美百合は、昨夜校内で、五十人の破落戸と少女忍者たちの死闘があったなどということは夢にも思っていないだろう。

「どうせ、あの四人は暴走族たちですよ。他の生徒も、これで安心して勉強や部活に専念できるでしょう」

「ええ……、あの四人が転校してきたときは、学長を恨めしく思ったけど、でもこんなに呆気ないなんて」

「あの四人に先生が犯されて、今後ずっと苦しむことを思えば良い結末です。これも運命だったんでしょう」

　一樹が言うと、美百合も顔を上げて頷いた。

「そうね」

「ええ、連中が転校してからほんの数日ですし、先生も他の生徒たちも気を取り直して、すぐ奴らが来る前の日常に戻れますよ」

「分かったわ。学長とは、月曜にでもゆっくりお話をするので」

美百合が気持ちを切り替えたように言ったので、一樹は立ち上がった。

「ね、僕の部屋に行きましょう」

彼女の手を握って言うと、美百合も少し戸惑いながら立ち上がり、一緒に一樹の部屋に入って来た。

「明日の朝まで僕一人で寂しかったんです。先生が来てくれて良かった」

言うと、今日は他に誰もいないということで美百合も妖しいスイッチが入ったように、甘ったるい匂いを濃く揺らめかせた。

「じゃ、脱ぎましょう」

すっかりリードする側になって言い、一樹が自分から脱ぎはじめると、すぐに美百合もノロノロとブラウスのボタンを外しはじめた。

彼は先に全裸になり、ベッドに横になって見ていると美百合は背を向け、もうためらいなく黙々と脱いでいった。

ブラウスとスカート、ブラとパンストを脱ぎ去ると、白く滑らかな背中が露わになり、最後の一枚を下ろすと形良い尻がこちらに突き出された。

一糸まとわぬ姿になると向き直り、メガネだけ掛けた美百合は胸を隠しながら急いで添い寝してきた。

やはり自分の部屋でなく、誰もいないとはいえ学園の寮なので緊張気味のようだった。

しかも昼食しながらのニュースを見て慌てて出てきたらしく、いつになく汗の匂いが濃く、吐息も彼女本来の花粉臭に、食事途中らしいオニオン臭も混じり、その刺激にゾクゾクと彼は興奮を高めた。

やはり美しい顔と刺激臭のギャップ萌えで、セックスを想定していない抜き打ちの情事はナマの匂いが感じられて実に艶めかしかった。

一樹は身を起こし、まずは彼女の足の方に屈み込んで足裏を舐め回し、縮こまった指の間に鼻を押し付けて、ムレムレになった濃い匂いを貪った。

そして充分に嗅いでから爪先をしゃぶり、指の股に舌を割り込ませて汗と脂の湿り気を味わったのだった。

4

「あう、ダメよ、そんなところ、ゆうべお風呂に入ったきりなのに……」

美百合がクネクネと腰をよじらせて呻いた。慌てて出てきたため、自分が汗ばんでいることにあらためて気づいたようだった。

一樹は前回より濃厚な足の匂いを貪ってから、爪先にしゃぶり付いて全ての指の股に舌を割り込ませ、汗と脂の湿り気を貪った。

「アアッ……、汚いから、止して……」

美百合は少しもじっとしていられないように身悶えて言い、彼は足首を掴んで押さえつけながら、両足とも味と匂いを吸収し尽くした。

あまりに強引だとあの四人のようだが、あいつらは爪先をしゃぶるような高度なテクは持っていないだろう。

やがて大股開きにさせ、彼はスベスベの脚の内側を舐め上げていった。

白くムッチリした内腿に舌を這わせ、弾力ある肌にそっと歯を立てると、

「あう、痛いわ……」

ビクリと反応して言うので、噛むのは止めて股間に迫った。

先に両脚を浮かせ、形良い尻に顔を寄せ、

「ね、両手をお尻に当てて谷間を開いて」

言うと、彼女もそろそろと両手を双丘に当て、グイッと谷間を広げてくれた。

「肛門舐めてって言って」

「アア……、恥ずかしいわ……、こ、肛門舐めて……」

美百合が言い、彼の視線を感じたようにキュッとピンクの蕾を引き締めた。

やはり激しく淫気が高まり、言わなければ終わらないと悟ったのだろう。

一樹も蕾に鼻を埋め込み、蒸れた匂いを嗅いでからチロチロと舌を這わせて息づく襞を濡らし、ヌルッと潜り込ませて滑らかな粘膜を探った。

「く……!」

美百合が呻き、キュッと肛門で舌先を締め付けた。

一樹は舌を蠢かせ、淡く甘苦い粘膜を味わっていると、鼻先にある割れ目からヌラヌラと白っぽく濁った本気汁が溢れてきた。

ようやく脚を下ろして舌を引き離し、割れ目に迫ると、

「オマ○コ舐めてって言って」

彼は股間から言った。

「い、言わないとダメ……?」

美百合は女学生のように声をか細く震わせ、呼吸に合わせてヒクヒクと陰唇を震わせた。

「ええ、こんなに濡れてるので舐めて欲しいでしょう?」

「い、言うわ、だから苛めないで……」

何やら苛めて欲しいような口ぶりで彼女は唇を湿らすと、

「オ……、オマ○コ舐めて……、アアッ……！」

自分の言葉に熱く喘ぎ、とうとう大量の愛液をトロリと溢れさせた。

「じゃ先に匂いを嗅いでからね」

羞恥を煽るように言い、一樹は恥毛の丘に鼻を埋め込んだ。

ことさら犬のようにクンクン鼻を鳴らし、汗とオシッコの蒸れた匂いを貪りながら、彼は舌を這わせていった。

淡い酸味のヌメリを探り、差し入れて膣口の襞をクチュクチュ探り、ゆっくり味わいながらクリトリスまで舐め上げていくと、

「アアッ……！」

美百合がビクッと身を弓なりに反らせて喘いだ。

チロチロと執拗にクリトリスを舌先で弾くと、彼女の内腿がムッチリと彼の顔を挟み付けてきた。

舐めながら見上げると、白い下腹がヒクヒクと波打ち、乳房の間から色っぽく仰け反って喘ぐ顔が見えた。

「お、お願いよ、入れて、笠間君……！」

すっかり絶頂を迫らせたように、彼女が声を上ずらせて懇願した。

一樹も味と匂いを貪ってから身を起こした。今日は二人きりの時間が多くあるので、まず一回出したくなったのである。

股間を進め、張り詰めた亀頭を割れ目に擦り付け、充分にヌメリを与えてからゆっくり膣口に押し込んでいった。

ヌルヌルッと滑らかに根元まで嵌め込むと、

「あう……、いい……！」

美百合が呻き、キュッときつく締め付けてきた。そのまま根元まで挿入し股間を密着させると、一樹は覆いかぶさって乳首に吸い付いた。

じっとしていても、膣内は味わうようにキュッキュッと締まり、温もりと感触が彼を包み込んだ。

両の乳首を交互に含んで舐め回し、顔中で柔らかな膨らみを感じてから、一樹は美百合の腋の下にも鼻を埋め込み、甘ったるく蒸れた濃厚な汗の匂いに噎せ返った。

胸を満たしてから舌を這わせると、淡い汗の味がした。

「つ、突いて……」

すると美百合が待ちきれなくなったように言い、ズンズンと股間を突き上げはじめた。一樹も合わせて腰を突き動かしはじめ、何とも心地よい肉襞の摩擦とヌメリを味わいながら、上からピッタリと唇を重ねていった。

「ンン……」

美百合は熱く呻き、レンズを曇らせながらネットリと舌をからめてきた。

一樹も滑らかに蠢く美人教師の舌と唾液のヌメリを味わい、熱い息で鼻腔を湿らせた。

いったん動くと快感に腰が止まらなくなり、いつしか彼は股間をぶつけるように激しく律動し、ピチャクチャと淫らな摩擦音を響かせた。

「アア……、い、いきそう……」

美百合が口を離して喘ぎ、収縮と潤いを増していった。

一樹は間近に美人教師の熱い吐息を嗅ぎ、甘い花粉臭に混じった刺激的なオニオン臭にゾクゾクと高まった。

そして一樹は彼女の口に鼻を擦りつけ、吐息と唾液の匂いに酔いしれながら、激しく昇り詰めてしまった。

「く……!」

絶頂の快感に呻きながら、熱い大量のザーメンをドクンドクンと勢いよく中にほとばしらせると、

「き、気持ちいいわ……、アアーッ……！」

美百合も声を上ずらせてオルガスムスに達し、彼を乗せたままブリッジするようにガクガクと狂おしく腰を跳ね上げた。

一樹は暴れ馬にしがみつく思いで動きを合わせ、抜けないよう股間を押し付けながら快感を噛み締め、心置きなく最後の一滴まで出し尽くしていった。

すっかり満足しながら徐々に動きを弱め、力を抜いてもたれかかっていくと、

「ああ……」

美百合も硬直を解き、満足げに声を洩らして四肢を投げ出していった。

まだ息づく膣内でヒクヒクと過敏に幹を震わせ、一樹は美百合の喘ぐ口を嗅ぎながら、うっとりと余韻を味わった。

やがて重なったまま呼吸を整えると、一樹はそろそろと身を起こして股間を引き離した。

「じゃ、バスルームに行きましょう」

言うと、やはり早く身体を流したいのか、脱力していた美百合も身を起こしてメガ

ネを外し、彼に支えられながらベッドを下りた。

そして全裸で部屋を出て、バスルームへ移動していったのだった。

5

「すごい、広いお風呂だわ……」

美百合はバスルームに入って言い、すぐ椅子に座ってシャワーを浴びた。

ようやく身体を洗い流すと、彼女もほっとしたようだ。

バスタブに湯は入っておらず、一樹も股間を流してから洗い場のバスマットに仰向けになった。

「ね、顔に跨がって」

言うと美百合も、まだまだ欲望はくすぶっているように、朦朧としたまま彼の顔に跨がり、しゃがみ込んでくれた。両手でバスタブのふちに掴まったので、まるでオマルでも使うようだ。

洗って匂いの薄れた恥毛に鼻を埋め、舌を這わせるとすぐにも新たな愛液が溢れてきた。

「アア……」

美百合も喘ぎはじめ、彼の顔の上で腰をくねらせた。

「ね、オシッコ出して」

一樹が言うと、彼女も息を詰めて尿意を高めはじめてくれた。

やはり彼にとっては、シャワーを浴びる前の足指と股間を嗅いで舐め、バスルームでオシッコを味わうのは決まり事になっていた。

舐めているうち柔肉が迫り出し、

「あう、出るわ……」

いくらも待たないうち美百合が言い、同時にチョロチョロと熱い流れがほとばしってきた。

一樹は口に受けて味わい、仰向けなので噎せないよう気を付けて飲み込んだ。

勢いが付くと口から溢れた分が頬を濡らし、耳にも入ってきた。

味と匂いは淡いが、放尿は延々と続き、

「アア……、こんなことするなんて……」

美百合が喘いで言った。

ようやく勢いが衰えると流れが治まり、ポタポタ滴る雫をすすり、彼は残り香を感じながら割れ目を舐め回した。

「も、もうダメ……」

再び高まりはじめたように美百合が言い、ビクッと股間を引き離した。

そして仰向けの彼の上を移動し、屹立したペニスにしゃぶり付いてきたのだ。

チロチロと先端を舐め、張り詰めた亀頭をしゃぶり、モグモグとたぐるように根元まで呑み込んでいった。

幹を締め付けて吸い、舌をからめながら顔を上下させ、スポスポと摩擦するたび、溢れた唾液が陰嚢の脇を生温かく伝い流れた。

「ああ、気持ちいい……」

一樹はうっとりと快感に喘ぎ、美人教師の口の中で唾液にまみれながら、ジワジワと絶頂を迫らせていった。

「ね、跨いで入れて……」

すっかり高まった一樹が言うと、彼女もスポンと口を離して前進し、彼の股間に跨がってきた。幹に指を添えて先端に割れ目を押し付け、息を詰めてゆっくり腰を沈め、膣口に彼を受け入れていった。

「アアッ……！」

ヌルヌルッと根元まで嵌め込むと、美百合が顔を仰け反らせて喘ぎ、ぺたりと座り込んできた。

一樹も温もりと感触を味わいながら激しく高まり、両手で彼女を抱き寄せて両膝を立て、胸に密着する乳房の感触を味わった。

「唾を垂らして……」

徐々に股間を突き上げはじめながら言うと、美百合も喘いで乾き気味の口中に懸命に唾液を分泌させ、形良い唇をすぼめて迫った。そして白っぽく小泡の多い唾液をトロトロと吐き出してくれ、彼は舌に受けて味わってからうっとりと喉を潤した。

「ね、顔にも強くペッって吐きかけて」

「そ、そんなこと出来ないわ。教え子の顔に……」

さらにせがむと、美百合はためらいながら膣内の収縮を強めた。

「どうしてもしてほしい。先生が、決して他の男にしないことを僕だけに」

言うと、彼女も興奮で朦朧となりながら、再び唇に唾液を滲ませて迫り、息を吸い込んでからペッと吐きかけてくれた。

「アア、こんなことを生徒にするなんて……」

美百合は声を震わせたが、すでに生徒と交わっているのだ。

「もっと強く本気で」

言うと、美百合も一度して度胸が付いたように、さっきより多めの唾液を強くペッと吐きかけてきた。

濃厚な吐息の匂いとともに生温かな唾液の固まりがピチャッと鼻筋を濡らし、匂いながら頬の丸みをヌラリと伝い流れた。

「ああ、気持ちいい。綺麗な先生が生徒の顔に唾を吐くなんて……」

「アアッ、ダメ、言わないで……」

彼が言うと、美百合は声を震わせながら、彼の顔の唾液を拭うようにヌラヌラと舌を這わせてくれた。顔中美人教師の唾液にまみれ、一樹が唾液と吐息の匂いに酔いしれながら突き上げを強めると、

「ああ、またいきそう……」

美百合は喘ぎながら、合わせて激しく腰を遣いはじめた。大量の熱い愛液で互いの股間がビショビショになり、摩擦音とともに膣内の収縮が最高潮になっていった。

乳房が彼の胸に押し付けられて弾み、コリコリする恥骨の膨らみも痛いほど彼の下腹に擦られた。

たちまち美百合がガクガクと狂おしい痙攣を開始し、

「い、いく……、アアーッ……！」

声を上げて締め付けを強めると、続いて一樹も激しく昇り詰めてしまった。

「き、気持ちいい……！」

彼も口走りながら、大きな快感とともにありったけの熱いザーメンをドクンドクンと注入した。

「あう、もっと……！」

噴出を感じたように美百合が呻き、彼も心ゆくまで快感を味わい、最後の一滴まで出し尽くしていった。

一樹が満足しながら徐々に突き上げを弱めていくと、

「アア、良かったわ、すごく……」

美百合も硬直を解いてもたれかかり、息を震わせて囁いた。

一樹は収縮する膣内で、射精直後で過敏になった幹をヒクヒクと震わせ、濃厚な花粉臭の吐息を胸いっぱいに嗅ぎながら、うっとりと快感の余韻に浸り込んでいったのだった。

彼女も体重を預け、荒い息遣いを混じらせながら長く重なっていたが、ようやくノロノロと身を起こして股間を引き離した。

一樹も起き上がり、もう一度一緒にシャワーの湯を浴びると、身体を拭いて部屋に戻り、身繕いした。

「泊まっていってもいいのに」

「そうはいかないわ。今夜はお友達と夕食することになっているので」

「そう……」

一樹も仕方なく頷き、やがて帰るという美百合を車まで送ってやった。

彼女の軽自動車が走り去っていくと、彼は校門を閉め、また寮に戻った。

まあ、一人で抜こうと思っていたところへ美百合が来てくれ、きつい二回が出来たのだからよしとしよう。

警察の救助車両か、何台もの車が山から下りてきたので、ダンプ事故の処理も順調に進んでいるらしい。

やがて日が暮れると一樹は洗濯物を取り込み、一人で夕食を温め、食事と洗い物を済ませると全ての灯りを消して自室に戻った。

明朝には三羽ガラスや母娘たちが帰ってくるだろうし、明日も一日休みだから何か起きるに違いない。

だから今夜はもう抜くのを止めて早めに寝ることにした。結局、まだここへ来てからオナニーしていないことになる。

ぐっすり眠ると、一樹は翌朝の暗いうちに目が覚めてしまった。

顔を洗って窓から外を見ると、東の空が白みはじめている。今日は雲もなく快晴のようだ。

そして寮のトイレで大小の用を足し、朝食の仕度を始めようとしていたら、日の出とともに三羽ガラスが帰ってきたのである。

「お、おかえり、ずいぶん早いんだね」

一樹は驚いて、薄汚れたジャージに汗まみれの三人を見て言った。

「ええ、ずっと動き回っていたし、山を走って夜明けまでに着く訓練をしてきたので」

翔子が言う。久々の実家でノンビリしていたどころか、過酷な訓練を欠かしていないようだった。

「山で焼けたダンプや遺骸の回収も済んだみたい」

「そう、みどりは?」

「学長の車で町へ買い物に出たので、戻るのは昼過ぎになると思うわ」

沙弥が答え、三人は里から持って来た野菜などをリュックから出してキッチンに置き、そのまま朝食の仕度を始めた。

一樹も邪魔にならないよう手伝い、三人分の濃厚に甘ったるい匂いを感じて股間が熱くなってしまった。里で動き続けていたのなら、三人の最後の入浴は一昨夜であろう。

やがて四人で朝食を済ませると洗い物を終え、三羽ガラスはその場でジャージを脱ぎはじめてしまった。

「一緒にシャワー浴びよう」

全裸になった翔子が言い、皆で彼のジャージも引き脱がせてしまった。

そして四人で脱衣所へ行って、汚れ物を洗濯機に突っ込んでスイッチを入れると、バスルームへ入った。

「あの……」

「分かってるって。洗う前に味わいたいんでしょう。でも三人ともすごくムレムレよ」

沙弥が笑みを含んで言うと、他の子たちも、すっかりその気になっているようで興奮に目をキラキラさせていた。

一樹も急激に勃起し、まだシャワーも出さずに乾いているバスマットに仰向けになった。

(ゆ、ゆうべ抜かないで本当に良かった……)

一樹は思いながら身を投げ出すと、三人が彼を取り囲んできた。

「すごい勃ってる。そんなに私たちのことが好き？」

翔子が言い、勃起したペニスをピンと指で弾いた。

「あう……」

一樹が喘ぐと、翔子は沙弥と一緒に彼の乳首に吸い付き、冷徹な恵理香も頬を上気させ、上からピッタリと彼に唇を重ねてきたのだった。

第六章　果てなき快楽の日々よ

1

（ああ、なんて夢のような……）

一樹は三人がかりの愛撫を受け、ゾクゾクと興奮を高めて思った。

前は3Pだったが、今回は4P、とびきり美形の三人が相手なのだ。しかも三人とも、人を殺めているくノ一たちである。

あるいは、まだ眠っていて夢でも見ているのではないかと思ったが、翔子と沙弥に乳首をキュッと噛まれ、

「く……！」

彼は呻き、甘美な痛みに現実だと確信した。

恵理香は熱い息で彼の鼻腔を湿らせながら、執拗に舌をからめては、生温かな唾液を注ぎ込んでくれた。

一樹は小泡の多い唾液を味わい、うっとりと喉を潤した。

やがて三人が唇を離して顔を上げると、

「み、みんなの足を……」

彼は勃起した幹をヒクつかせてせがんだ。

「いいわ、匂いが濃い方が好きだもんね」

翔子が言うと、三人は立ち上がって彼の顔を囲んだ。

リーダー格は恵理香だろうが、率先して行うのは明るい翔子と沙弥である。

鍛えられた三人の全裸を真下から眺めるのは、何とも壮観である。

三人は身体を支え合いながら片方の足を浮かせると、一斉に彼の顔にキュッと乗せてくれた。

皆ことさらに足指を彼の鼻に押し付け、中には指で鼻を摘んでくる子もいた。

一樹は三人分の足裏を舐め、生ぬるい汗と脂にジットリ湿って濃厚に蒸れた匂いに噎せ返った。

やはり三人分となると強烈で、その刺激が胸に沁み込んで心地よくペニスに伝わっていった。

彼はミックスされたムレムレの匂いを貪り、順々に爪先にしゃぶり付いた。

指の股にも舌を割り込ませて三人分を味わうと、みな足を交代させ、さらに新鮮で濃い匂いの籠もる指先を押し付けてくれた。

一樹は足の匂いに包まれながら、全ての爪先をしゃぶり尽くした。

すると恵理香が彼の顔に跨がり、しゃがみ込んできたので、段取りが決まっていたように翔子と沙弥は彼の爪先にしゃぶり付いてきた。

恵理香の股間が鼻先に迫ると、一樹は両の爪先で翔子と沙弥の舌を挟み付けながら、割れ目に顔を埋め込んだ。

柔らかな恥毛には、生温かく蒸れた汗とオシッコの匂いが濃厚に沁み付いて鼻腔が刺激され、彼は酔いしれながら舌を挿し入れていった。

柔肉は熱い愛液に潤い、彼は膣口を探ってから、他の誰よりも大きなクリトリスまで舐め上げていった。

チロチロと舌を這わせてから、そっと前歯で突起を噛むと、

「アアッ……！」

恵理香が熱く喘ぎ、新たな蜜をトロトロと漏らしてきた。

やがて翔子と沙弥が両足をしゃぶり尽くすと、脚の内側を舐め上げ、頬を寄せ合い股間に迫って熱い息を籠もらせた。

すると顔の上にいた恵理香が身を反転させ、シックスナインの体勢でペニスに屈み

込んできたのである。

一樹は恵理香の尻を抱え、谷間にあるレモンの先のように僅かに突き出た蕾に鼻を埋め、秘めやかに蒸れた匂いを嗅いでから舌を這わせた。

そして恵理香が亀頭にしゃぶり付くと、二人は陰嚢を舐め回してそれぞれの睾丸を転がした。

三人分の熱い息が混じり合って股間に籠もり、さらに恵理香がスッポリ呑み込むと、

「く……」

一樹は暴発を堪えて呻きながら、恵理香の蕾にヌルッと舌を潜り込ませ、滑らかな粘膜を味わった。

さらに二人が肉棒を舐め上げ、三人が亀頭に舌を這わせてきたのだ。

「い、いきそう……」

一樹は腰をよじって警告を発したが、やがて三人は舐めているペニスを中心にローテーションしはじめた。

恵理香が離れると、翔子が顔に跨がり、割れ目を押し付けてきた。

こちらも新鮮な匂いを沁み付かせ、大量の愛液を漏らしていた。

一樹は濃厚な匂いを貪りながら舌を這わせ、ヌメリをすすってクリトリスに吸い付

いた。

「ンンッ……」

翔子が亀頭をしゃぶりながら呻き、尻をくねらせた。その尻の谷間にも鼻を埋めて蒸れた匂いを嗅ぎ、舌を這わせてヌルッと潜り込ませた。

三人とも、彼が暴発しないようかなり手加減しておしゃぶりしているようだ。

それでもミックス唾液にまみれたペニスはヒクヒクと小刻みに震え、限界を迫らせている。

やがて翔子の前も後ろも舐め尽くすと、さらにローテーションして沙弥が顔に跨がった。

一樹は潜り込んで恥毛に鼻を埋め、ムレムレの匂いを貪ってヌメリをすすり、クリトリスを舐めてから肛門も嗅いで舌を潜り込ませた。

順番待ちなので、慌ただしく味わうのが勿体ないほどである。何しろ三人とも一対一でじっくりセックスしたい美形なのだ。

とにかく贅沢なことに、彼は立て続けに三人の前後を味わい、ペニスも充分に舐めてもらったのだった。

「じゃ私からね」

三人が顔を上げると翔子が言い、彼の股間に跨がってきた。

どうやら恵理香は最後らしく、早く果てる二人が先のようだ。

翔子が濡れた割れ目を先端に当て、ゆっくり腰を沈み込ませた。

たちまち屹立した彼自身は、ヌルヌルッと滑らかな肉襞の摩擦を受けて根元まで没し、彼女も股間を密着させた。

「アア、いい気持ち……」

翔子が顔を仰け反らせて喘ぐと、残る二人が彼の顔に胸を押し付けてきた。

そして翔子がスクワットするように上下運動を始めると、彼は恵理香と沙弥の乳首を吸いながら絶頂を堪えた。

何しろ相手が多いので配分を考えないといけない。ここで一回出し、ラストの恵理香でもう一回するのが良いか、それとも三人目まで我慢するのが良いか分からなかった。

幸い、翔子はすぐにも収縮と潤いを増して、ガクガクと痙攣を起こしはじめていた。

「い、いきそうよ……」

翔子が言って身を重ねてくると、二人も身を離した。

一樹は潜り込んで翔子の左右の乳首も含んで舐め回し、ズンズンと股間を突き上げ

た。

「いい気持ち……、アアーッ……！」

たちまち翔子が声を上げ、激しいオルガスムスに達していった。

その収縮に一樹も巻き込まれそうになると、恵理香が彼の脇腹にキュッと指を押し当てた。

あるいは射精を遠のかせるツボでもあるのだろうか、辛うじて彼も踏みとどまることが出来たのだった。

「ああ……、良かった……」

翔子が強ばりを解き、満足げに言うと力を抜いてもたれかかった。

そして呼吸も整わないうち、股間を引き離してゴロリと横になると、すかさず沙弥が跨がり、しゃがみ込んできた。

翔子の愛液にまみれた先端に割れ目を当て、一気にヌルヌルッと受け入れながら座り込んだ。

「あう……！」

沙弥が顔を仰け反らせて呻き、キュッときつく締め上げてきた。

一樹も、翔子とは微妙に異なる温もりと感触に高まったが、なおも恵理香がツボを圧迫していた。

すぐにも沙弥が腰を遣い、何とも心地よい摩擦を開始した。

再び顔に左右から乳房が押し付けられ、彼は順々に乳首を味わってから、腋の下にも鼻を埋め込んだ。

誰も腋はジットリと生ぬるく湿り、濃厚に甘ったるい汗の匂いを籠もらせていた。三人とも、今回は戦いではないので、特に体臭も消さずに山から下りてきたのだろう。

一樹は順々に三人分の腋を嗅いで、濃い汗の匂いに噎せ返ると、上下運動を開始した沙弥がガクガクと身を震わせはじめたのだ。

「い、いっちゃう……、アアーッ……！」

沙弥が声を上ずらせ、収縮と潤いを強めながらオルガスムスに達した。

ここでも一樹は辛うじて暴発を堪えていると、やがて沙弥がグッタリともたれかかってきた。

そしてしばしヒクヒクと痙攣していたが、やがてゴロリと横になって恵理香のために場所を空けた。

しかし恵理香は跨がらず、立ち上がって彼を見下ろした。

「入れる前に、オシッコしたいわ……」

「いいよ、かけて……」

一樹が嬉々として言うと、余韻に浸っていた二人も立ち上がり、再び彼の顔を囲んでスックと立って股間を突き出してきたのである。

ここで少し休憩し、間を置くのも一樹には良いことであった。

2

「いっぱい出そうだわ……」

「すごく濃いかも」

翔子と沙弥が口々に言い、自ら割れ目を指で広げると、恵理香は無言で息を詰めて尿意を高めていた。

間もなく恵理香の割れ目から勢いよく流れがほとばしると、二人も順々に放尿を開始した。

「ああ……」

一樹は仰向けのまま、三人分の熱いシャワーを肌に受けて喘いだ。

皆ことさらに一樹の顔に流れを向け、彼も必死に口に受けて喉を潤した。

やはり三人分だと匂いも濃く鼻腔を刺激し、顔中がビショビショになった。時に勃起したペニスにも注がれ、彼自身は温もりにヒクヒクと震えた。

溺れそうになる頃、ようやく翔子と沙弥の流れが治まり、一番量があった恵理香も少し遅れて出しきった。

すると恵理香が跨がってしゃがみ込み、彼自身を濡れた膣口にヌルヌルッと受け入れて座り込んだ。

「アア……」

恵理香が顔を仰け反らせて喘ぎ、キュッときつく締め上げながら身を重ねてきた。

すると二人も左右から添い寝し、顔を寄せてきたのだ。

一樹も、これでようやく射精できると思うと少し気が楽になったが、それでも恵理香の絶頂は何しろ長いのである。

その恵理香も身を重ね、彼の胸に乳房を押し付けてきた。

「ね、ベロを出して」

横から沙弥が言うので、彼が舌を伸ばすと、恵理香がチロチロと舌の先端を舐め、二人も左右から舌をからめてきた。

上と左右に三人の滑らかに蠢く舌を感じ、一樹は混じり合った唾液を味わいながら恵理香の膣内で幹を脈打たせた。

やがて恵理香が腰を動かしはじめると、彼も両膝を立てて尻を支えながら、ズンズンと股間を突き動かした。

「アア……、いい気持ち……」

恵理香が舌を引っ込めて喘ぎ、一樹は彼女の濃厚なリンゴ臭の吐息で鼻腔を刺激された。

そして左右の二人から吐きかけられるイチゴ臭とシナモン臭の息も嗅ぎ、鼻腔で混じり合った匂いで彼は急激に高まってきた。

「ああ……、いく……」

恵理香がヒクヒクと痙攣しながら喘ぎ、収縮を強めていった。

もちろん彼女は一度のオルガスムスでは満足しないから、一樹も気を引き締めながら股間を突き上げた。

すると翔子と沙弥が彼の耳の穴を舐め、恵理香も彼の鼻をしゃぶってくれた。さらに二人は彼の両頬を噛み、鼻にも迫ってきたので、彼は三人分の混じり合った吐息でうっとりと酔いしれた。

顔中で乾きかけたオシッコの匂いより、三人分の唾液と吐息の匂いが強く鼻腔を刺激して、いよいよ彼も危うくなってきた。

「アア……、すごいわ、またいく……！」

恵理香が連続で昇り詰めはじめると、もう彼も我慢できずに股間を突き上げ、何とも心地よい肉襞の摩擦と締め付け、三人分の息の匂いの中で絶頂に達してしまった。

三人を相手に一度の射精で済ますとは、何という贅沢なことであろう。

「い、いく……、気持ちいい……！」

彼は溶けてしまいそうな快感に口走り、熱い大量のザーメンをドクンドクンと勢いよく恵理香の中にほとばしらせた。

「アア……、いい……！」

噴出を感じた恵理香が駄目押しの快感に喘ぎ、一樹の上でガクガクと狂おしく身悶えた。

膣内の収縮も最高潮になり、彼は全身まで吸い込まれそうな快感の中、心置きなく最後の一滴まで出し尽くしていった。

心から満足しながら彼は突き上げを止め、グッタリと身を投げ出すと、

「ああ……」

恵理香も声を洩らして力を抜き、遠慮なく体重を預けてきた。

「気持ち良さそうね」

「ええ、恵理香みたいに大きくいけるようになりたいわ」

翔子と沙弥が囁き合い、彼はまだ息づく膣内でヒクヒクと過敏に幹を震わせ、なおも三人分の濃厚な吐息を嗅いで胸を満たしながら、うっとりと快感の余韻に浸り込んでいったのだった。

一樹と恵理香が重なっていると、翔子と沙弥が先に離れてシャワーを浴び、歯磨きをして髪を洗いはじめたので、ようやく恵理香も股間を引き離して身を起こした。

女子たちは時間がかかるようだから、一樹もシャワーで全身を流すと、先にバスルームを出て身体を拭いた。

そして洗濯機にある三人の下着を嗅ぎ、濃厚な匂いに刺激されると、また股間がムズムズしてきてしまった。

それでもジャージを着てキッチンに戻り、少しテレビを観ていると三人も順々に服を着て出てきた。

「お昼の仕度するまで、少し眠るわね。出来れば野菜を洗って切っておいてくれると嬉しい」

翔子が言い、さすがに疲れていたか三人は部屋に戻っていった。

一樹は里から運ばれてきた野菜を洗い、大根や牛蒡、人参や蓮根などを適当な大きさに切って寸胴鍋に入れた。

昼は冷凍物だろうが、これを夜まで煮込んで豚汁にするらしい。

甲斐甲斐しく作業をしているうち昼になると、小一時間ほどで三人も部屋から出てきた。

そして鍋に水を入れて煮込み、昼の仕度もして四人で昼食を囲んだ。

「午後は少し学園に行ってるわね。明日からの部活の準備もあるし」

沙弥が言う。部活の準備ばかりでなく、校内での死闘の痕跡なども確認するのだろう。

やがて食事と洗い物を終えると、三人は寮を出ていった。

肉と野菜を煮込んだ鍋は、そのまま弱火にして、たまに一樹が灰汁《あく》を取るように言われていた。

すると、ほぼ入れ替わりにかがりが入って来たのである。

「あ、お帰りなさい。みどりちゃんは？」

「あの三人と学園にいるわ」

かがりは入ってきて椅子に掛けた。

「山の処理は完了したけど、街にある鴨江建設のビルは大騒ぎだわ」

かがりが、一樹の淹れた茶を飲んで言う。

「そうですか。警察の事情聴取だけじゃなく、マスコミも来てるんでしょうね」

「ええ、残った数人の事務員で後始末をするらしいけど、間もなく鴨江建設は完全に消滅するわ」

どれぐらいの財産があったか分からないが、分けたところで大した額にはならないのではないか。話を聞くと圭吾の母親はおらず、家もなくビルに圭太郎と二人で暮らしていたらしい。

ビルの場所も知らない一樹にとっては、もうどうでも良いことであった。

とにかく明日からは、バイクの爆音も聞こえない平穏な学園生活が再開されることだろう。

それより一樹は、美熟女を前にムクムクと勃起してきてしまった。

今日は三人もの女子を相手にし、まだ一回しか射精していないし、かがりと寮に二人きりと思うと、どうにも我慢できなくなってしまったのだ。

彼女は立って自分の湯飲みを洗って棚に置き、寸胴鍋を掻き回して豚汁の様子を見た。

「ね、少しだけ僕の部屋でいいですか」

「ええ」

恐る恐る言うと、かがりはあっさりと頷いてくれた。

一樹は気が急《せ》くように立ち上がり、自分の部屋に入ると、すぐにかがりも入ってきてくれた。

彼が手早く脱ぎはじめると、かがりもブラウスとスカートを脱ぎ去り、下着とパンストを下ろした。

見る見る白い熟れ肌が露わになってゆき、室内に生ぬるく甘ったるい匂いが立ち籠めはじめた。

一樹は先に全裸になり、ピンピンに勃起しながらベッドに横になった。

かがりも最後の一枚を脱ぎ去り、一糸まとわぬ姿になると、豊かな巨乳を息づかせて添い寝してきた。

彼は甘えるように腕枕してもらい、色っぽい腋毛に煙る腋の下に鼻を埋め込むと、かがりも優しく包み込んで髪を撫でてくれた。

3

「ああ、なんて可愛い……」

かがりが甘く囁き、一樹は柔かな腋毛に籠もる濃厚に甘ったるい汗の匂いに酔いしれた。

やはり複数の女子を相手にするのも夢のように心地よいが、それはスポーツかお祭りのように明るいもので、やはり本来の秘め事は、こうして一対一が密室で戯れ合う方が淫靡《いんび》なのだと実感した。

彼は充分に熟れた体臭に噎せ返ってから、徐々に移動して巨乳に顔を埋め込んでいった。

乳首を含んで舌で転がし、顔中で豊かな膨らみを味わうと、

「アア……、いい気持ちよ……」

かがりもうっとりと喘ぎ、仰向けの受け身体勢になってくれた。

一樹は左右の乳首を順々に吸ってから、白く滑らかな肌を舐め下りていった。

臍を探って下腹の弾力を味わい、腰から脚を下降し、これも色っぽい体毛のある脛をたどって足首まで行き、足裏にも舌を這わせた。

形良い指の間に鼻を押し付けると、やはりそこは汗と脂に湿り、蒸れた匂いが濃く

沁み付いていた。

充分に嗅いでから爪先をしゃぶり、全ての指の股に舌を割り込ませると、

「あう……」

かがりが声を洩らし、ピクリと足を震わせた。

やはり一樹は、自分のような未熟な愛撫で大人の女性が反応してくれると実に嬉しかった。

両足とも味と匂いを貪り尽くすと、彼は股を開かせて脚の内側を舐め上げ、白くムッチリとした内腿をたどって股間に迫った。

はみ出した陰唇は、すでにヌラヌラと潤い、股間全体には熱気と湿り気が籠もっていた。

恥毛の丘に鼻を埋め、隅々に籠もった汗とオシッコの蒸れた匂いを吸収し、舌を挿し入れていくと淡い酸味の潤いが迎えてくれた。

かつてみどりが生まれ出た膣口の襞を掻き回し、ゆっくりクリトリスまで舐め上げていくと、

「アアッ……、いい気持ち……」

かがりが熱く喘ぎ、内腿でキュッと彼の顔を挟み付けてきた。

一樹は豊満な腰を抱えてチロチロとクリトリスを舐めては、溢れる愛液をすすった。

さらに両脚を浮かせ、豊かな逆ハート形の尻の谷間に迫った。

薄桃色の蕾に鼻を埋め、蒸れた匂いを嗅いでから舌を這わせ、ヌルッと潜り込ませて滑らかな粘膜を探ると、

「く……」

かがりが呻き、キュッと肛門で舌先を締め付けてきた。

彼は淡く甘苦い粘膜を舐め回し、脚を下ろして再び割れ目に顔を埋め、味と匂いを貪った。

「もういいわ、今度は私」

かがりが言って身を起こしてきたので、彼も入れ替わりに仰向けになって股を開いた。

彼女は真ん中に腹這い、まず陰嚢をヌラヌラと舐め回してから、肉棒の裏側をゆっくり舐め上げてきた。先端まで来ると、小指を立てて幹を支え、粘液の滲む尿道口を舐め回してくれた。

さらに丸く開いた口でスッポリと根元まで呑み込まれると、

「ああ、気持ちいい……」

一樹は温かく濡れた美熟女の口の中で、ヒクヒクと幹を震わせて喘いだ。

かがりは熱い鼻息で恥毛をそよがせ、幹を締め付けて吸い、口の中ではクチュクチュと満遍なく舌をからめてきた。

たちまちペニス全体は生温かな唾液にどっぷりと浸り、さらに彼女が顔を上下させ、スポスポと摩擦してくれると一樹は急激に高まってきた。

「い、いきそう……、跨いで入れて下さい……」

暴発を堪えて言うと、かがりもすぐにスポンと口を離し、身を起こして前進してきた。

そして彼の股間に跨がり、唾液に濡れた先端に割れ目を押し当て、ゆっくり腰を沈み込ませ、ヌルヌルッと滑らかに根元まで受け入れていった。

「アア……、いいわ、奥まで届く……」

かがりが顔を仰け反らせて喘ぎ、ピッタリと股間を密着させて座り込みながらキュッキュッと味わうように締め上げてきた。

「ああ……」

一樹も快感に喘ぎ、両手を伸ばして彼女を抱き寄せた。

かがりも身を重ね、彼の胸に巨乳を押し付けて心地よい弾力を伝えてきた。

彼は両膝を立てて豊満な尻を支え、下から唇を求めていった。

かがりも上からピッタリと唇を重ねてくれ、ヌルリと長い舌を潜り込ませてくれた。

一樹は舌をからめ、生温かく注がれる唾液でうっとりと喉を潤しながら、徐々にズンズンと股間を突き上げはじめていった。

「アア、いい気持ちよ、もっと強く奥まで……」

かがりが口を離し、唾液の糸を引きながら熱い息で囁いた。

彼も突き上げに勢いを付けながら、湿り気ある吐息を嗅ぐと、今日も艶めかしい白粉臭が悩ましく鼻腔を刺激してきた。

どうせ手練れであるかがりを先に果てさせることなど無理だろうから、一樹は我慢せず快楽を優先させて動き続けた。先にいけば、きっとかがりの方で合わせてくれるに違いない。

そして一樹は摩擦快感と、美熟女の唾液と吐息を吸収しながら激しく昇り詰めていった。

「い、いく……！」

快感に呻きながら、熱いザーメンをドクンドクンと勢いよく注入すると、

「いいわ……、アアーッ……！」

思った通り、かがりも噴出を受けると同時にオルガスムスのスイッチを入れ、熱く喘ぎながらガクガクと狂おしい痙攣を開始した。

吸い込まれるような収縮と締め付けの中、彼は心ゆくまで快感を味わい、最後の一滴まで出し尽くしていった。

満足しながら突き上げを弱め、力を抜いていくと、

「ああ……」

かがりも声を洩らし、グッタリともたれかかってきた。

なおも膣内はキュッキュッとヌメリを吸い込むように締まり、刺激された彼自身が膣内でヒクヒクと過敏に跳ね上がった。

そして一樹は豊満な美熟女の重みと温もりを味わい、かぐわしい吐息を胸いっぱいに嗅ぎながら、うっとりと余韻に浸り込んでいったのだった。

重なったまま呼吸を整えると、かがりはティッシュを手に取って股間を離し、手早く割れ目を拭ってから顔を移動させ、愛液とザーメンにまみれた亀頭をしゃぶって舌で綺麗にしてくれた。

「あうう、もういいです、有難うございます……」

一樹が腰をよじりながら言うと、かがりはティッシュでペニスのヌメリを拭って彼

に添い寝してきた。

「滝の浦の衆は、体術ばかりでなく、淫法も会得しているのよ」

熟れ肌を密着しながら、かがりが言う。

「いんぽう？　忍法じゃなく淫らな術……？」

一樹は言い、何となく納得した。

恐らく戦国の世には、あらゆる手を使って敵地に侵入し、快楽で敵を虜にするくノ一もいたに違いない。そのテクニックは常人を超え、そんな技が今も脈々と隠れ里には受け継がれているようだった。

それで誰もが張り型で訓練し、一樹とのセックスにもためらいがなかったのだろう。

「そう、みどりの体術は恵理香の上をゆくけれど、淫法は一番未熟だわ。一樹さんがいろいろ教えてあげて」

かがりが言う。母親から娘の性の開発をお願いされているのだから、一樹も妙な気分だった。

「分かりました……」

もちろんそう答える他ない。

すると彼女も身を起こしてベッドを下りた。

「じゃ私は学園に戻るわね」

かがりは言い、脱いだものを持って部屋を出た。そしてシャワーを浴びて身繕いすると、すぐ寮を出ていった。

一人残った一樹は、寸胴鍋の様子だけ見て灰汁を取り、風呂の準備をしてから、また部屋で少し仮眠したのだった。

夕方に目を覚ますと、二階の二年生たちも徐々に帰ってきた。全員ではなく、中には明朝直に登校するものもいるのだろう。

三羽ガラスに、セーラー服姿のみどりも戻ってきて、やがて皆で豚汁の夕食を囲んだ。

それにしても実に、ものすごい週末を過ごしたものだった。一樹は面々を見回して思った。

そして食事と洗い物を終えると、二年生たちは二階へ引き上げ、一樹も歯磨きをして自室に戻った。

他の連中も、順々に風呂を使ってから各部屋に入ったようだ。

明日から、また日常の学園生活が始まるのだ。

するとドアが軽くノックされ、一樹の部屋にみどりが入って来たのだった。

4

「やあ、いろいろお疲れ様」

一樹はみどりを迎え入れて言った。

彼女は、まだ白い長袖のセーラー服姿のままだった。

多くの女子や教師、学長と懇ろになった一樹だったが、みどりだけは唯一、付き合おうと言い交わした恋人である。

もちろん恋人同士の甘い会話などより、可憐な美少女を前にした一樹はすぐにもムクムクと勃起しはじめた。

昼前は4P、午後はかがりと濃厚なセックスをしたが、夕方まで眠ったので淫気も体調も完璧に回復していた。

しかもみどりは、頭目のかがりも認める最強戦士である。

三羽ガラスにみどりを加えて四天王、それに美百合とかがりと一樹を足せば、男女が逆転した七福神のようなものだ。

一樹は何の取り柄もないが、彼女たちからすれば代々仕える若殿である。

「話したいことが沢山あるのだけど」

「ええ、話はあとで構いません」

言うと、みどりは彼の淫気を察したように頷き、すぐにも制服を脱ぎはじめようとした。

「待って、下着とソックスだけ脱いで」

一樹は言い、自分は手早く全裸になってベッドに仰向けになった。

みどりも素直に白いソックスを脱ぎ、濃紺のスカートの裾をめくってショーツだけ脱ぎ去ってしまった。

「ここに座って」

一樹が自分の下腹を指して言うと、みどりもベッドに上って跨がり、そっと座り込んでくれた。裾をめくって腰を下ろしたので、割れ目が直に下腹に密着し、生温かな湿り気も伝わってきた。

「足を伸ばして顔に乗せてね」

言うとみどりも、彼が立てた両膝に寄りかかりながら、素直に両足を伸ばし、足裏を彼の顔に乗せてくれた。

「ああ……」

一樹は、セーラー服の美少女の全体重を受け止めて喘ぎ、急角度に勃起したペニスでトントンと彼女の腰を軽くノックした。

足裏は生ぬるく湿り、舌を這わせながら指の間に鼻を埋め込むと、やはりそこは汗と脂にジットリとして、ムレムレの匂いが濃厚に沁み付いていた。

一樹は今までで一番濃い美少女の足の匂いを貪ってから爪先にしゃぶり付き、全ての指の股にヌルッと舌を割り込ませて味わった。

「あう……」

みどりが小さく呻き、腰をくねらせるたび濡れはじめた割れ目が下腹に擦り付けられた。

最強の戦士も、今は刺激に反応する女子高生だった。

「じゃ顔に跨がってね」

両足とも味と匂いを貪り尽くして言うと、みどりも彼の顔の左右に足を置いて前進し、和式トイレスタイルでしゃがみ込んできた。

裾が顔の上に覆いかぶさるので彼女の表情は窺えないが、脚がM字になり、ムッチリとした内腿と、ぷっくりした割れ目が艶めかしかった。

彼は和式トイレの真下からの眺めを堪能し、腰を引き寄せて楚々とした恥毛に鼻を埋め込んで嗅いだ。

　生ぬるく蒸れた汗の匂いが甘ったるく籠もり、さらに残尿臭とチーズ臭が混じって彼の鼻腔を悩ましく掻き回してきた。

　一樹はうっとりと甘美な刺激で胸を満たし、舌を這わせていった。

　処女を喪ったばかりの膣口をクチュクチュと掻き回し、淡い酸味の蜜を味わいながら小粒のクリトリスまで舐め上げると、

「あん……、いい気持ち……」

　みどりが可憐な声で喘ぎ、思わずキュッと顔に座り込んできた。

　一樹はチロチロとクリトリスを刺激しては、泉のように溢れてくる清らかなヌメリをすすった。

　さらに尻の真下に潜り込み、顔中に大きな水蜜桃のような尻を受け止め、谷間の蕾に鼻を埋めて嗅いだ。蒸れた匂いを吸収してから舌を這わせ、細かに震える襞を濡らし、ヌルッと潜り込ませて滑らかな粘膜を探った。

「あう……」

　みどりがか細く呻き、キュッときつく肛門で舌先を締め付けてきた。

　一樹は充分に舌を蠢かせてから引き抜き、再び割れ目を舐め回してクリトリスを吸

い、恥毛に沁み付いた匂いを貪った。

「アア……、い、入れて下さい……」

みどりが息を弾ませて言い、自分から股間を引き離してきた。

一樹も顔を上げると、みどりがポケットから何かを出して彼に手渡してきた。

見ると、それは楕円形のローターではないか。コードが伸びて電池ボックスに繋がっている。

「これをお尻に入れてから、前に一樹さんを入れてほしいです」

みどりが仰向けになりながら言う。

してみると膣への張り型ばかりでなく、肛門にもローターを入れて淫法を研ぎ澄ましてきたのだろう。

一樹も興味と興奮を覚え、ローターを構えるとみどりは両脚を浮かせて抱え、彼の方に尻を突き出してきた。

一樹はもう一度蕾を舐めて濡らしてからローターを押し付け、親指の腹で押し込んでいった。

可憐なピンクの蕾が丸く押し広がり、ズブズブと潜り込んでいくと、やがて奥まで入って見えなくなった。彼は電池ボックスのスイッチを入れると、中からブーン…と低くくぐもった振動音が聞こえてきた。

「ああ……、どうか……」

みどりが振動に喘ぎ、脚を下ろして股を開くと、彼も股間を進め、先端を濡れた割れ目に擦り付け、ヌメリを与えながらゆっくり膣口に挿入していった。

「アアッ……、いい……」

ヌルヌルッと根元まで貫くと、前後の穴を塞がれたみどりが顔を仰け反らせて喘いだ。

肛門にローターが入っているため、膣口の締め付けも倍加し、しかも間のお肉を通し、ペニスの裏側にも振動が伝わってきた。

一樹は妖しく新鮮な快感に包まれながら身を重ねてゆき、セーラー服の裾をめくった。すると中はノーブラで、形良く張りのある乳房がはみ出し、彼は屈み込んでチュッと乳首に吸い付いた。

顔中で膨らみを味わいながら舌で転がし、両の乳首を堪能すると、さらに彼は乱れたセーラー服に潜り込み、生ぬるく湿った腋の下にも鼻を埋め込んで、甘ったるく蒸れた汗の匂いを嗅いだ。

そして徐々に腰を突き動かしながら、上からピッタリと唇を重ね、グミ感覚の弾力と唾液の湿り気を味わい、ネットリと舌をからめた。

「ンンッ……」

みどりも目を閉じて呻き、彼の舌に吸い付いていたが、下からもズンズンと股間を突き上げると、口を離して熱く喘いだ。

「アア……、いい気持ち……！」

一樹はみどりの喘ぐ口に鼻を押し込み、湿り気ある桃の匂いの吐息でうっとりと胸を満たしながら腰の動きを速めていった。

すると、彼女が突き上げを止め、意外なことを言ったのだ。

「お、お尻にも入れてほしいです。両方の処女を、一樹さんにあげたい……」

アナルセックスを求められ、一樹は驚いて動きを止めたが、アヌス処女も欲しいという衝動が突き上がってきた。

身を起こし、いったんペニスを引き抜くと彼はローターのスイッチを切った。

そしてコードを指に巻き付け、切れないよう注意しながらゆっくり引き抜いていった。

可憐な蕾が丸く広がり、奥からピンクのローターが顔を覗かせ、やがてツルッと抜け落ちてきた。ローターの表面に汚れの付着はなく、嗅いでも匂いは感じられなかった。

それでもティッシュに包んで置き、彼はもう一度蕾を舐めて濡らし、身を起こして股間を進めた。

みどりも、両脚を浮かせて抱え、神妙に口呼吸をして括約筋《かつやくきん》を緩めていた。

愛液に濡れた先端を蕾に押し当て、

「いい？」

言いながら強く押し付けていくと、潤いに助けられてズブリと亀頭が潜り込んだ。最も太いカリ首までが入ると、あとは比較的楽にズブズブと根元まで押し込むことが出来た。

「あう……」

みどりが眉をひそめて呻き、キュッキュッと肛門で異物を締め付けてきた。

一樹は股間を密着させ、尻の丸みを味わいながら、膣とは違う感触と温もりを堪能したのだった。

5

「痛いかな？　大丈夫？」

「ええ、平気です。構わないので、動いて中に出して下さい……」

気遣って囁くと、みどりが健気に答えた。しかも指で自分の乳首をつまみ、もう片方の手は割れ目に這わせた。愛液を付けた指の腹で、小さな円を描くようにクリトリスを擦りはじめている。

このようにオナニーするのかと興奮しながら、一樹も徐々に腰を突き動かしはじめた。

さすがに入り口はきついが、中は思ったより広く、ベタつきもなく滑らかだった。

そして彼女も緩急の付け方に慣れてきたように、次第に律動が滑らかになっていった。

これで、みどりの前後の処女を頂いたことになる。

動くうち新鮮な快感が高まり、あっという間に一樹は昇り詰めてしまった。

「く……！」

短く呻くと同時に、彼は熱い大量のザーメンをドクンドクンと注入した。

「あう、感じる……、いく……！」

みどりも声を上げ、ガクガクと狂おしいオルガスムスの痙攣を開始した。

あるいはアヌス感覚ではなく、自分でいじるクリトリス感覚で昇り詰めたのかも知れない。

しかし膣内と連動するように直腸内も収縮し、彼は妖しい快感の中、心置きなく最後の一滴まで出し尽くしてしまった。中に満ちるザーメンで、さらに動きがヌラヌラと滑らかになった。

「アア……」

すっかり満足して声を洩らし、徐々に動きを止めていくと、みどりも乳首とクリトリスから指を離し、グッタリと身を投げ出した。

余韻を噛み締めながら、ゆっくり股間を引き抜いていくと、ヌメリと締め付けで自然にペニスが押し出され、ツルッと抜け落ちた。何やら美少女に排泄されるような興奮が湧き、見ると丸く開いて粘膜を覗かせた肛門も、徐々につぼまって元の可憐な形状に戻っていった。

「早く洗った方がいいです……」

みどりが言って、呼吸も整わないのに身を起こし、乱れた制服とスカートを手早く脱ぎ去った。

そして二人全裸のまま部屋を出ると、もうキッチンは暗く、全員が各部屋に入って寝ているようだ。

バスルームに入ると、女子たちの残り香ですぐにも回復しそうになったが、みどりが甲斐甲斐しくボディソープでペニスを洗ってくれた。

シャワーの湯でシャボンを洗い流すと、

「オシッコも出して下さい。中からも洗わないと」

言われて、一樹も回復を堪えて何とかチョロチョロと放尿した。

出しきると、みどりがもう一度湯を浴びせ、屈み込むと最後に消毒するようにチロリと尿道口を舐めてくれた。

「み、みどりもオシッコ出して」

とうとうムクムクと回復しながら言い、一樹がバスマットに座ると、みどりも目の前に立って股間を突き出し、片方の足をバスタブのふちに乗せて股を開いてくれた。

彼女はまだ流していないので、濃厚な匂いに噎せ返りながら舌を這わせると、すぐにも奥の柔肉が迫り出すように盛り上がり、味と温もりが変わった。

「あう、出ます……」

みどりが言うなり、チョロチョロと熱い流れがほとばしってきた。

口に受けて味わい、喉に流し込んだが、やはり味も匂いも淡く上品なものだった。

あまり溜まっていなかったか、勢いが付いたと思ったら流れが治まり、彼は残り香の中で舌を這わせ、余りの雫をすすった。

すると、新たな蜜がトロトロと大量に溢れて舌の蠢きを滑らかにさせた。

「も、もういいです……」

みどりが息を弾ませて言い、足を下ろした。

一樹がバスマットに仰向けになると、すぐにも彼女が屈み込み、元の大きさと硬さを取り戻したペニスにしゃぶり付いてきた。

熱い息を股間に籠もらせ、根元まで呑み込んで吸い付き、舌をからめてたっぷりと唾液にまみれさせてくれた。

さらに彼女が顔を小刻みに上下させ、濡れた口でスポスポと強烈な摩擦を開始した。

「あう、すぐいきそう。跨いで入れて……」

急激に高まった一樹が言うと、みどりもチュパッと口を離して顔を上げ、前進してペニスに跨がってきた。

先端に割れ目を押し当て、息を詰めてゆっくり座り込むと、たちまち彼自身はヌルヌルッと滑らかに根元まで嵌まり込んでいった。

「アア……、いい気持ち……」

みどりが股間を密着させ、顔を仰け反らせて喘いだ。やはりアヌスより、正規の場所が良いのだろう。

一樹も温もりと感触を味わいながら、両手を回してみどりを抱き寄せ、両膝を立てて尻を支えた。

「唾を出して……」

ズンズンと股間を突き上げながら言うと、みどりもトロトロと白っぽく小泡の多い唾液を吐き出してくれた。舌に受けて味わい、うっとりと喉を潤すと、ふと彼は思い付いた。

確か銃口を口に押し込まれたとき、彼女は噛んでいたガムだけでなく、胃から逆流させたペースト状の粘液を銃口に詰め込んで塞いだのだ。

「ね、食後に食べたフルーツは戻せる？」

ドキドキと胸を高鳴らせながら言うと、

「少しだけなら……」

みどりは答え、少し息を詰めただけで、ためらいなく口移しにトロリと注ぎ込んでくれた。

それは生温かく甘酸っぱい、未消化のミックスフルーツである。

一樹は美少女の胃から戻ってきた粘液を味わい、うっとりと飲み込んだ。

あるいは戦国時代、城から落ち延びた若殿を警護しつつ、山中で飢えた彼にこうしてくノ一が食事を与えたのかも知れないと思った。

さらに一樹は彼女の口に鼻を埋め込み、発酵臭の混じった濃厚な果実臭の吐息で鼻腔を刺激されながら、股間の突き上げを強めていった。

「アア……」

みどりも合わせて腰を遣いながら、収縮と潤いを増して喘いだ。

「下の歯を、僕の鼻の下に引っかけて」

言うと、何でも彼女はしてくれた。

下の綺麗な歯並びを彼の鼻の下に当てると、大きく開いた美少女の口に鼻が覆われた。

甘酸っぱい吐息の匂いばかりでなく、下の歯並びに微かに残るプラーク臭も混じり、彼は美少女の口の中の匂いを嗅ぎながら動き続け、とうとう激しく昇り詰めてしまった。

「い、いく……！」

彼は大きな快感に全身を貫かれて口走り、ありったけの熱いザーメンをドクンドクンと勢いよく膣内にほとばしらせた。

「あう、熱いわ……、気持ちいい……！」

噴出を感じた途端にみどりも喘ぎ、ガクガクと狂おしい痙攣を開始したのだった。

どうやら、今度こそ本格的な膣感覚の大きなオルガスムスが得られたようである。

一樹自身は、収縮と締め付けの中で揉みくちゃにされながら心ゆくまで快感を噛み締め、最後の一滴まで出し尽くしていった。

「ああ……」

すっかり満足しながら声を洩らし、彼が徐々に突き上げを弱めていくと、

「すごい……、溶けてしまいそう……」

みどりも声を震わせ、肌の硬直を解いて力を抜きながら、グッタリともたれかかってきた。

一樹は美少女の温もりと重みを受け止め、まだ戦《おのの》くように息づく膣内でヒクヒクと過敏に幹を跳ね上げた。

そしてみどりの甘酸っぱい吐息を間近に嗅いで胸を満たしながら、うっとりと快感の余韻に浸り込んでいったのだった。

みどりは、大きなオルガスムスの余韻に、たまにビクッと全身を震わせては、キュッキュッとペニスを締め付けてきた。

一樹は限りない愛しさを覚えたが、みどりは頭目の跡を継ぐのだろうから、将来一緒になれるかどうかは分からない。

しかし、そんな先のことより、明日からの学園生活に専念しようと思った。もう卒業まで、いくらも月日は残っていないが、まだまだ体験してみたいことは山ほどあるのだ。当分事件など起きないだろうから、みどりたちも普通の女子高生に戻るのだろう。

(さあ、明日からも頑張らないと……)

何を頑張るのかよく分からないが、一樹はもう一度みどりの内部でピクンと幹を震わせたのだった。

リアルドリーム文庫206

香しい淫法につつまれて

2023年1月29日　初版発行

◎著者　睦月影郎《むつきかげろう》

◎発行人
岡田英健

◎編集
村山祐太

◎装丁
マイクロハウス

◎印刷所
図書印刷株式会社

◎発行
株式会社キルタイムコミュニケーション
〒104-0041 東京都中央区新富1-3-7 ヨドコウビル
編集部　TEL03-3551-6147／FAX03-3551-6146
販売部　TEL03-3555-3431／FAX03-3551-1208

ISBN978-4-7992-1729-0 C0193